奇怪的系列 5

수상한 도서관

奇怪的圖書館

文／朴賢淑 박현숙 圖／張敍暎 장서영
譯／林盈楹

目次

妳要不要成為真人書？

看到圖書管理老師懇切眼神的瞬間，我突然想起昨晚做的夢，我獨自一人在漆黑的洞穴裡。我不知道該走哪一個方向，才能夠走出洞穴。我因為害怕，怕得眼淚快要流下來。這時有人拉起我的手，對我說：「走吧！」那一刻我感覺自己得救了。我跟隨帶領往前，不知道在潮濕、陰暗的洞穴裡走了多久，慢慢看見遠處的亮光。就在我終於走出洞穴，面向著耀眼陽光的那刻，我便醒了過來。

「雖然只是一場夢，但還真感謝那個人，結果呢？妳和那個人說謝謝了嗎？」吃早餐時，我跟奶奶說了我的夢，奶奶聽完後，滿臉真誠地問我。

「我甚至來不及說謝謝，那個人咻一下地突然出現，又咻一下地突然消失！在我害怕得連魂都沒了的時候，當我握住那個人的手那刻，我高興得差點哭出來。」

「哎呀，如果能說聲謝謝就更好了！但妳怎麼會做那樣的夢哩？是在學校發生什麼事嗎？」

「沒有啊！」我搖搖頭，最近沒發生什麼特別的事。

「夢就是夢吧！一定要發生什麼事才會做夢嗎？羅如真！妳快點

把飯吃完！妳都已經賴床了，還吃那麼慢！」媽媽催促地說。

「啊，對了，不是有人說夢和現實是相反的？該不會接下來會出現需要妳幫助的人吧？」奶奶接著說。

「唉，媽。都說夢就只是夢了。」媽媽指著手機，一邊對我使眼色，叫我該走了，不能再吃了。

當我抵達學校後，我就已經把夢的事忘光了。但是現在我又想起來了，我沒想到圖書管理老師會來請求我幫忙。

「羅如真，妳會幫忙老師的吧？」

我沒回答而是看著美芝，皺了皺眉頭的美芝，代表她不想答應。

然而即使不想答應，也很難直接果斷地拒絕老師。因為平時圖書管理老師對我非常好，只要我和她說我想看的書，之後她在購買新書時，就一定會把我想看的書也放入清單。要是我想借的書被借走，她會在書籍歸還後，第一時間通知我去借。所謂拿人手短、吃人嘴軟，我怎麼開得了口拒絕呢？

「如真如果成為《真人書》的話，一定會好多人想要借的！妳就幫老師這個忙嘛！」圖書管理老師再次擺出懇切的眼神。

「今天有點困難」這句話明明已來到嘴邊，卻又原路順著喉嚨被吞進肚子裡了。

這一切都是因為今年三月，我在機場經歷的那八天七夜。還記得

因為暴風雪導致飛機全部停飛、車輛也停駛，沒人可以離開機場。在那次機場受困事件後，我便成為校園名人，由於那八天七夜每天的新聞都會出現候機室，因此我也短暫出現在新聞畫面裡。

從那天起「羅如真」便在學校裡紅了起來，這個名字從此與戰勝苦難和逆境的孩子畫上等號。剛開始有傳聞說我只吃了一點點東西，就度過那八天七夜。然而傳聞逐漸變化，後來變成我什麼都沒吃，就靠意志力撐過八天七夜。

一、二年級的同學還到我們班，問我一整個星期都沒吃任何東西的事。三年級的同學們在寫校刊時，還來詢問能不能採訪我。採訪題綱內包含「八天七夜真的都沒吃東西嗎？」這樣的提問，傻眼到我都

要暈倒了。

隨著時間過去，同學們漸漸遺忘了，現在難道要我喚起他們的記憶嗎？這也太誇張了吧！

「我放學後還要去補習班……」我喃喃自語不停咬著下唇，一邊思考藉口。

成為真人書後更煩人的是——可能會和借閱的同學吵起來。之前一號真人書：杜軾，就是這樣。

學校圖書館從上個月開始舉辦真人書活動。平常書本只能用眼睛閱讀，但真人書既可以直接看到表情，還可以直接用耳朵聽。真人書的定義，其實是由某個領域具備專業知識，或是擁有豐富經驗的人，

直接當面講述給想要了解該領域的人聽。因此據說許多名人都會成為真人書，但是學校的真人書有點不一樣。

我們學校是讓身邊的同學成為真人書，親自講述自己擅長的事，或特別的經驗，也可以告訴同學們想要說的觀點。

如果被選為真人書，圖書館的門上會張貼那個人的名字、照片和簡介內容。這樣一來，想要了解真人書的人就能直接借閱，閱讀時間約為一小時。

真人書借閱活動剛開始時，杜軾最先自願申請成為真人書。

「我爸爸的愛好和專長是釣魚，所以我也經常一起去。我要分享釣魚的神奇故事，魚兒只會上我的鉤。我想成為一本釣魚祕訣真人書，把秘訣告訴那些想要釣到魚的人。」

接著杜軾一副趾高氣揚的樣子說著，想借閱自己的同學，可能會排隊排到一百公尺，甚至新聞記者都要爭先恐後地邀請他受訪。他說完後那因驕傲而高聳的肩膀，彷彿都要頂到天花板了。

圖書館門上張貼杜軾照片的那一天，杜軾刻意穿新衣服，還精心打扮一番，他的衣服很像音樂家穿的那種，背面有燕子尾巴一樣的設計。然而兩天過去，卻沒任何同學要借閱《杜軾》。感到非常失望的杜軾，在一星期後正打算要放棄時，終於出現了要借閱的同學，那是五年一班的微簫。

當天作為真人書被借閱的杜軾，卻和身為讀者的微簫大吵一架，才過十分鐘，兩人就怒氣沖沖地從圖書館跑出來。

「哈，真搞笑！微簫很奇怪，一直問魚的名字。還抱怨我比她更不懂魚的名字。我又不是海產店的老闆，怎麼知道所有魚的名字？

而且魚的名字和釣魚有什麼關係啊？」杜軾接著說他再也不做真人書了。

杜軾和微簫吵架的傳聞，很快就傳遍全校。從那次之後，也沒有人站出來說要成為真人書了。

後來，校長實在是看不下去了，於是挺身而出，說要好好地示範給大家看，並成為了真人書。

「我要跟校長面對面一個小時？」同學們紛紛搖頭，所以直到最後都沒出現要借閱《校長》的同學。

到了這個地步，同學們原本以為圖書管理老師會放棄，沒想到老師的毅力可不是開玩笑的。就算完全沒出現想成為真人書的人，她也

依然不放棄。

「不會再發生像杜軾和微簫那樣的事了！現在有規定，如果被問到與真人書不相符的問題，可以不回答。如果讀者說太多不相關的內容，也可以中途停止。我們學校一定有很多同學想聽如真講述自己的故事，妳表現好的話，我們圖書館的真人書就可以成功了！童話故事裡，不也都是以我們所經歷過的，或是即將經歷的事作為故事的基礎嗎？真人書也可以和童話故事一樣有類似作用！不對，甚至還比童話故事更令人感動！聽到親身經歷的人直接說自己的故事，那該有多生動啊！如真會幫老師的吧？」圖書管理老師又用誠懇的眼神看著我。

「如真從這個月開始，又多了一堂補習的課要上。她的時間絕對沒辦法配合！」見我開始猶豫，美芝便站出來替我說因為要補習所以沒時間，想給老師一個藉口。

「是嗎？」圖書管理老師的表情瞬間暗了下來。

「真人書那個活動不能終止嗎？那樣不就簡單多了嗎？老師何必那麼辛苦呢？」美芝又接著說了一句。

「要是全校學生都能輪流做看看真人書的話，那該有多好啊？全校可以藉此溝通，達到互相理解，那麼我們將會形成非常棒的校園氛圍。然而實際執行起來，確實比想象中困難許多，但我不會輕言放棄的！」圖書管理老師握緊了拳頭。

「老師，很抱歉！因為我們很忙，所以沒辦法幫忙！如真，走吧！」美芝一邊將要歸還的書推到老師面前，一邊拉了拉我的手臂。

「如真，妳啊什麼都好，就只有一個缺點：妳太容易心軟了！要是我沒出面阻止，妳肯定已經答應老師要成為真人書了！唉，真人書是沒事找事做，讓人頭痛的事，萬一妳成為真人書的話，我也會很困

擾的！妳可千萬不要做傻事啊！」走下樓梯的時候，美芝說。

正如美芝所說，我每次和圖書管理老師目光接觸時，我的內心都有點動搖。這次如果美芝沒有插手，我可能就答應老師要成為真人書了。

教室的打掃工作已經完成，其他值日生都回家了，只剩下秀知一個人孤零零地坐在教室裡。午後的陽光凝聚，落在坐窗邊的秀知頭上。

我和美芝一走進教室，秀知便抬起頭看向我們。

美芝戳了戳我的腰，接著做個手勢，要我趕快拿起書包後離開，接著我被美芝拉著手快步離開教室。

「妳怎麼了啊？」我不懂美芝為什麼這麼突然。

「總之，如真妳這人什麼都好，就是缺乏洞察力。」剛剛才說我的缺點是太容易心軟，現在又說我缺乏洞察力的美芝，快速在我耳邊說：「秀知被大家排擠！」

「我們班上有幾個女生霸凌秀知，這種時候妳更不能公然表現出妳和秀知要好。所謂隔牆有耳，雖然剛剛教室裡看起來只有秀知，但很可能有其他眼睛躲在某處注視著這裡。」美芝迅速告訴我她的看法。

其實這個事情我也知道，從某天開始，秀知瞬間就變成孤零零的一個人。

但是才不久前，不論是去學校餐廳、去廁所的時候，秀知的身旁

總是圍繞著同學。然而不知道從哪一天開始，秀知的周圍彷彿海水退潮一般，同學們全部消失得無影無蹤。

美芝和我一直都和秀知沒有很親近，所以也不清楚是怎麼了，「是發生什麼事嗎？」我停下腳步問。

「我也不知道！但妳要是介入的話，下場可能就會像三明治的火腿一樣，所以還是小心一點比較好！我的意思是說妳會被弄得滿身番茄醬和美乃滋，話說我這個比喻還真貼切極了，是吧？呃，我的話才不想成為夾在麵包之間，沾滿番茄醬和美乃滋的火腿！」美芝假裝發抖地說。

我跟美芝分開後，走回家的路上，腦海中不斷地浮現秀知的臉。秀知是個什麼都擅長的同學，當然不用說讀書了！而她從不會因此而驕傲自大，印象中她就是個安靜、溫順的同學——會不會因為是和筱映吵架了呢？

筱映是和秀知最要好的同學，據說她以前每天都像膠水一樣，走到哪都黏著秀知，現在卻連彼此的周圍都不再靠近。

「吵完架應該很快就會和好了吧？兩人本來關係那麼要好。」我邊想邊點點頭，我和美芝也是這樣，雖然很要好，但偶爾還是會吵架。吵架後好幾天都不跟彼此說話。

我有一次甚至還下定決心要和美芝永遠絕交，但是沒過多久我們

就和好了。因為我們想和對方講話，也想一起玩，所以無法冷戰。其實人際間親近的關係都很類似。就像杜軾和聖俊也是那樣，所以秀知和筱映肯定也是那樣的吧？

當我回到家正要打開玄關門的時候，收到了一則簡訊。

「羅如真，妳之前想看的書《豬腳掉進海水裡的那一天》已經被歸還了。妳明天過來借書吧！」是圖書管理老師傳來的。

夢就只是夢

奶奶停下夾著燉魚板的筷子，看著我說：「哎唷喂，妳的夢境成真了啊！妳為什麼要拒絕啊？可以的話，就幫幫老師嘛！就像夢裡牽著妳的那隻手一樣，老師一定也會感激涕零的。」奶奶的臉上露出遺憾的神情。

「拒絕得好！那個真人書還什麼玩意的，我也有在學校的網頁上看到。妳要是亂答應，到時候只會浪費妳的時間，讓妳變得更散漫而

已！那種活動根本就在佔用學習時間，最後就只會妨礙學習而已，根本不會帶來任何幫助。做得好！真是拒絕得漂亮！」媽媽一邊誇我，一邊一臉滿足地包了一大包生菜包飯放進我的嘴裡。

「唉呀，妳怎能那麼說呢？怎麼什麼事都能和學習扯上關係啊？這個世界上除了讀書，還有很多其他的事情可以做啊！」奶奶看著媽媽嘖嘖地咂舌。

「媽，我說句實在話，對學生來說，讀書當然是最重要的啊！」媽媽嚼著滿嘴的飯，說完後立刻撇過頭。

「不過夢境有時候真的很神啊！我之前讀了如真在讀的那個……就妳在如真四年級的時候買給她的那本書，裡面有個故事說有一對姐

妹住在一起，有一天姐姐夢到她尿尿，一口氣不知道尿了多少，整個村子都成了尿海。雖然這只是個夢，但姐姐感到很丟臉。姐姐把這個夢說給妹妹聽後，妹妹告訴她這是一個好夢，並說要用一條絲綢裙子跟姐姐買下這個夢。對姐姐來說這麼丟臉的夢，當然很快就賣掉了，然而沒想到，最後妹妹因為買下的那個夢，而成為王妃。」奶奶自顧自地說。

「呵呵呵，難道是因為夢所以才發生的嗎？會發生的事情，它本來就是會發生。」媽媽仰著脖子大笑著說。

奶奶一臉不以為然地看著媽媽。媽媽似乎察覺到了奶奶的眼色，馬上停了下來。

「我說孩子的媽，妳怎麼這樣啊？怎麼什麼事情都那樣思考？妳知道燦里家吧？以前我們住的社區附近市場裡，有個賣紅豆粥的燦里家，他們靠賣紅豆粥買下一棟大樓。妳之前不是還說妳羨慕燦里家的大樓嗎？妳那時候還說什麼他們買下的大樓就在捷運周邊，每天睡個覺醒來價格就會上漲，但妳知道嗎？讓他們能夠買下一棟大樓的紅豆粥生意，可是燦里的曾祖母在戰爭時期逃離朝鮮的時候開始的，從那之後，這個生意便代代相傳至今。你可知道這麼多的食物當中，為什麼偏偏是賣粥，這麼多的粥當中，又為什麼是紅豆粥呢？」奶奶乾脆放下了筷子，認真說著。

「燦里的曾祖母某天做了一個夢，夢裡面出現一棵大柳樹，樹下

站著兩個男人。那兩個男人對她說了一些話，但她卻完全聽不懂，只能從他們的眼神中，猜想他們應該是在尋求幫助。從睡夢中醒來之後，燦里的曾祖母總覺得哪裡怪怪的，好像不該當作什麼都沒發生，就讓這個夢消失。於是她四處尋找，終於讓她找到一棵和夢中一樣的大柳樹，柳樹下有一棟房子，裡面一對兄弟正在吵架，於是燦里的曾祖母上前制止他們，雖然旁人都跟她說兄弟吵架是家常便飯，沒必要浪費力氣去制止，裝作沒看到就行了。但燦里的曾祖母深受那個夢境影響，她每天都去那棟房子阻止兄弟吵架，長達三個月之久。燦里的曾祖母每天進出兄弟家去勸架，後來發現兄弟倆喜歡吃紅豆粥，所以就煮給他們吃，並藉此來勸架，她老人家煮的紅豆粥可說是美味至極啊！」

「阻止他們吵架都夠忙的了，還有空煮紅豆粥給他們吃啊？」媽媽理智地回話。

「就是說啊，後來才知道，那對兄弟從學會說話的那一刻起，就一直吵架吵到了五十歲。兩人就連呼吸聲也能成為吵架的理由。就這樣吵架成了他們的習慣。兄弟倆吹著剛煮好的紅豆粥，等待粥變涼的時間，他們獲得靜下來思考的機會——為什麼要吵架呢？兩人應該都思考了這個問題吧？在慢慢吃紅豆粥的同時，也有聽對方說話的空檔。兄弟倆原來都

不喜歡吵架，只是因為覺得對方想要吵，所以才每天吵個不停，即便兩人內心其實並不想這樣，但卻又覺得先向對方低頭停戰的話，未免也太傷自尊心。總之兄弟倆是有多糾結，才會出現到夢裡去請求幫忙呢？」

「這不合理吧？他們又不認識燦里的曾祖母，為什麼偏偏出現在她的夢裡啊？」媽媽冷冷地說。

「我聽說的，所以也不知道原因。總之多虧有吃紅豆粥的時間，兩兄弟就和好了。消息傳開後，那些心裡其實不想吵架，卻因為各種原因吵架的人們，便紛紛跑來找燦里的曾祖母吃紅豆粥。由於人們不斷湧來，燦里的曾祖母最後便開始賣起紅豆粥。也因為人們時常聚集

在那邊，就這樣漸漸變成了市場。結論是因為善念的福氣而致富。」

「呵呵呵，媽，那是誰編造的故事啊？您該不會相信吧？」媽媽搖著頭問。

「妳說什麼？」奶奶瞪大了眼睛說。

「不論什麼事只要成功了，事蹟就會被廣為流傳。這些故事，都是等到成功後才被創造出來。像是燦里賣紅豆粥致富，後來才有了那樣的故事。人們之所以要流傳這些成功事蹟，就是為了宣揚夢想的美好，讓人懷抱夢想。還有妹妹成為王妃的故事，或是以前那些國王誕生的神話都是一樣，不過就是人們又創造了一個成功的故事。我再說一遍，夢就只是夢而已，我絕對不相信夢那種東西的！」媽媽繼續搖

著頭說。

「信不信隨便妳，妳高興就好。總之有人需要幫忙，請求妳幫助時，最好還是伸出援手。當然也不是叫妳勉強去做自己做不到的事情。」奶奶一口氣說完，就一下子站了起來並走出去。

「她老人家還真厲害啊！話沒少說、飯也沒少吃呢！明明那個夢的故事說了那麼長、那麼久。」媽媽看著奶奶的飯碗，感嘆地說。

我和媽媽碗裡的飯都還吃不到一半，奶奶的飯碗已經空空如也。媽媽再三叮囑我不要被夢那種東西影響，叫我絕對不要做會妨礙學習的事。

晚餐後回到房間，我一直盯著手機看，我實在沒辦法不讀不回、裝作沒看到圖書管理老師的訊息。訊息是一定要回的，但究竟該怎麼回才好呢？如果只回一句謝謝，總覺得過意不去。

「謝謝老師！我明天就去借書。」打完這段話後，我卻遲遲按不出發送，最後只好又全部刪掉。我覺得不久前老師才說真人書的事情，如果我回的內容隻字不提，好像有點怪。

「謝謝老師！我明天就去借書。上次很抱歉，沒答應老師真人書

的請求！」猶豫許久之後，我才打出這段訊息。當我打出真人書三個字的時候，突然一陣恐懼襲來，害怕老師回覆我的時候，再一次提出要我當真人書的建議，因此這段訊息我又刪除了。

「啊，不管了！」我一頭倒到床上，躺著思考一陣子後，我覺得還是應該要回覆老師訊息才對。

「謝謝老師！很抱歉沒有答應老師真人書的請求。」我閉緊雙眼，按了送出。接著我的心臟撲通撲通地狂跳，假如老師又再拜託我，到時就很難再拒絕了。

「沒關係！我反而對妳不好意思，我的請求好像造成妳的困擾了。請妳忘掉真人書的事吧！」過沒多久後我就收到老師的回覆，但我卻懷疑我的眼睛看錯，平日固執如牛的老師怎麼會突然改變心意呢？

「明天第一節課之前過來把書借走吧！這本很多同學都在排隊想借。」老師接著又傳來一則訊息。

看著訊息，我的心情很沉重，感覺就像巨大的石頭壓在胸口一樣，我心裡一邊吶喊：「啊，怎麼辦？」一邊伸手把頭髮抓得亂蓬蓬的。

乾脆就去試看看那個什麼真人書？我突然冒出這樣的想法，但是接著我立刻問自己是不是太叛逆了？人家要我忘掉，我反而想試試

看？不過我很快又改變了主意——真人書是不可能會成功的，明知不會成功還去做，豈不是很愚蠢？眼看杜軾就是最好的證明。

一個人把《羅如真》借走，聽我講一個小時的故事？萬一對方聽完後，卻說出一些批評，那未免也太傷自尊心了吧！到時候很有可能也會像杜軾和微簫那樣吵起來。既然老師都已經叫我忘掉了，那就忘掉它吧！我把棉被蓋過頭，要自己不再繼續想下去。

奇怪的書

「什麼《豬腳掉進海水裡的那一天》啊？我又不想讀那本書，為什麼要我去借？」杜軾一聽到我的話，立刻就搖頭拒絕。

我原本想如果有人先我一步去把那本書借走的話，我對老師的愧疚感會少一點。但我竟然會對把書拿來當枕頭的杜軾提出這種請求，是我錯了！我挑錯拜託的對象。

「那本書的封面夠軟嗎？如果夠軟，我就去借！下課可以拿來枕

著睡。」杜軾笑嘻嘻地問。

「你竟然跟我討論書的封面夠不夠軟！你都五年級了，也該讀點書了吧？就是因為你都不讀書，才會除了青花魚和鯷魚之外的魚都不認識。」

「喂，羅如真！妳怎麼突然扯到魚啊？怎麼連妳都這樣？還有我哪有除了青花魚和鯷魚之外的魚都不認識啊？我還知道黃花魚和鯊魚好嗎？妳跟微簫是好閨蜜是吧？妳們什麼時候變得這麼要好啦？」杜軾突然發起火來。

「我不過就是叫你多讀點書而已。」看見杜軾氣得跳腳的樣子，我畏縮了一下。

我看向美芝，用眼神叫她去借那本書，剛才一起上學的路上，我對她說過昨天收到老師訊息的事。

「羅如真，如果是我去借走那本書的話，老師一定馬上就猜到是妳叫我去借的！以後老師會怎麼看妳呢？她都用心記得妳想看的書，還會傳訊息告訴妳，而妳卻這樣對她？老師應該會覺得妳連一點基本禮貌都沒有吧！」

聽美芝這麼一說，突然覺得很有道理。那就只剩最後一招了，如果我晚一點過去的話，因為那本書很受歡迎，很可能就被借走了。

我在午休時間過去圖書館，在走去的路上，我內心不停祈禱著，

希望《豬腳掉進海水裡的那一天》已經被其他同學借走了。

「妳現在才過來啊！」我才剛踏進圖書館，老師就彷彿一直在等我似的對我說，緊接著她從桌底下拿出《豬腳掉進海水裡的那一天》，在我面前晃一晃，然後說：「今天至少有兩個人在問這本怎麼還沒回來，為了守住這本書，老師可費了不少心思。」

就直接借給別人就好啦，為什麼要守住這本書啊？我差點一不小心說出口這句話，我默默地拿著書，愧疚低下頭。

「真人書活動的事情妳就忘掉吧！我擔心妳還再想著那件事，所以要告訴你，老師還是會繼續等待，一定會等到自願要來的人。只要有一本真人書成功，接下來活動就會越來越順利了！所以我後來想到

之前講的那些話，好像會讓妳感到有點壓力，對吧？」

不是有點壓力，而是超級壓力，看來老師是絕不放棄真人書的意思嘛！我不發一語的把《豬腳掉進海水裡的那一天》推到桌角，並從被歸還的書堆裡，逐一拿起書開始順手整理。

「我把這些歸位後再回去。」總覺得好像要做些什麼，我的心情才會好過一點。

「妳願意幫忙，老師很開心，謝謝妳！妳常來圖書館，又懂圖書分類法，真的幫我不少忙！」老師笑著說。

還剩一本分類在九開頭的歷史書，那本書非常厚、重量也很重，

我邊歸位邊想是誰會讀這麼難的書啊？就算是六年級可以讀得懂嗎？我捧著那本書，走到位於最角落的歷史類書架，按編號排是在角落的最下層。這區的書看來很少有人翻閱，書上積了不少灰塵。

我把書歸位進架上，放書同時便揚起了灰塵。書確實放好之後，我一站起來的瞬間，我的手肘好像撞到什麼東西。

仔細看原來是一本沒有被放好的書，它的封面是黑色的，整本書非常厚。我試著把那本書推回架上時，卻發現書的後面似乎被什麼東西卡住了。

我猜應該是書本被亂塞，書頁都皺成一團了吧？所以才會露在外面。真是的！書看過後就要整齊地放回架上啊！圖書館的書是大家共

享的，怎麼可以這樣子亂塞？我一邊嘟囔著，一邊把書重新抽出來。沒想到那本書雖然很厚，重量卻與預期相反，拿起來一點都不費力。

就在我抽出那本書，並隨意翻開的那瞬間，我嚇了一大跳。奇怪！書的中間被挖了一個四方形，裡面竟然還有一本小小的書？我越看越感到不可思議，怎麼有辦法把厚達五百多頁的書，如此工整地挖出這樣的區塊？而且挖空的部分非常光滑、平整，沒有任何粗糙、被撕扯的痕跡。是誰惡作劇啊？要是老師知道的話，她肯定會暴跳如雷。

我從被挖空的四方形裡面，取出了那本大概巴掌大小的書——用扣環裝訂的小冊子，最外層的封面上，沒寫任何東西。我一邊納悶「這是什麼啊？」一邊打開小冊子，並且迅速讀完攤開的那一頁。

社會科學
歷史

我也很想發脾氣，在過斑馬線時我的雨傘碰到妳的背，我是不小心的。妳踩進一攤積水裡，連褲子都濕透了。妳氣得大叫，完全不給我道歉的機會。換成是我，也會感到很丟臉，但是妳發了那麼大的脾氣，讓我也很丟臉。我們之間的關係可以繼續這樣下去嗎？我生氣不是理所當然的事情嗎？

「羅如真，第五節課就要開始了！妳沒聽到鐘聲嗎？」

「老師，我都整理好了。」我慌忙把小冊子放回書本裡，然後闔上書。

直到把書放回書架時，我的心臟依然劇烈跳個不停，總覺得好像

偷看了什麼不該看的秘密。那本小冊子應該是某個人的日記本吧？但是誰會把日記放在圖書館裡？

「羅如真！妳借的書要拿啊！」我走出圖書館時，老師拿起《豬腳掉進海水裡的那一天》晃了晃。

「啊，對！」我假裝敲了敲自己的腦袋。

「妳怎麼了啊？發生了什麼事情了嗎？」老師問。

「沒，沒有！什麼事情都沒發生。」我邊說邊迅速跑下樓梯。

那本冊子顯然是某人的日記，究竟是誰、什麼原因，要把自己的日記放在圖書館裡？甚至還挖空了書的一個區塊，把它藏在書本裡？

如果是手寫日記的話，還有可能知道日記的主人是誰。因為我們學校圖書館的借閱登記表，是讓借書的人自己寫名字和班級的。我可以假裝幫老師，然後逮到機會來確認筆跡。目前從日記內容看下來，裡面沒有什麼注音和錯字，應該是四年級以上的同學寫的。那麼，雖然會花一點時間，但是也許從四到六年級的登記表去看，應該能比對找出筆跡的主人。可惜那本日記是用電腦打字的，所以沒辦法用筆跡來找線索。

為什麼？為什麼？到底為什麼？就在我滿腦子都是為什麼的時候，同時我也產生想讀完那本日記的想法。我既好奇日記本的主人是

誰，也想知道裡面都寫些什麼內容。而且說不定讀完日記的內容後，就能知道寫日記的人為什麼要把它放在那裡。

「羅！如！真！」美芝在我耳邊大聲叫我的名字，我嚇得從座位上跳起來。

「妳在想什麼，想得那麼入神啊？一起去廁所吧。」

不知不覺第五節課已經結束，我搖了搖頭，讓自己打起精神來。我在廁所外等待美芝，腦中不停地思考著要不要把這件事情告訴她。

「妳看那裡。」從廁所出來時，美芝戳了戳了我的側腰。

秀知正走在前面，她今天也是一個人。顯然好幾天過去了，她和筱映依舊還沒和好，看來她們真的是大吵了一架。

「看樣子她應該是和筱映吵架了，兩人好像徹底絕交了。妳看她們都這樣幾天了？要和好的話早就和好了。如真妳也和我吵過架，所以應該懂內心明明一直很想要和好，最後忍得渾身不舒服，撐不了多久就和好了。可是秀知怎麼辦呢？她們一直吵下去的話，秀知就永遠一個人了。筱映的朋友很多，但秀知卻沒什麼朋友。因為之前和秀知一起玩的同學，全都是和筱映要好的。」美芝輕輕地嘆口氣。

圖書館更危險

我想借走那本黑色封面的書，這樣一來我就可以一口氣把它從頭讀到尾了。然而我卻不能這麼做，因為書被借走時，日記本的主人很可能會來，那麼他就知道祕密被洩露了，說不定會去查是誰把書借走的，被發現是我借走的話，事情會變得有點麻煩。

午休時間我快速塞了幾口飯，打算再到圖書館去一口氣讀完那本

書，隨便吃幾口後就站起來了。

「妳吃太快了吧？這速度簡直就和青蛙用舌頭抓蟲吃一樣快。」美芝驚訝地說。

「我去圖書館。」說完我立刻從餐廳走出來。

圖書管理老師正在整理歸還的書要上架，我向老師點頭問好後，快速地往歷史書籍的書架走去。

我拿起那本藏著日記的書，不自覺地吞了吞口水，感覺心臟撲通撲通地跳個不停。我坐到圖書館角落的位置，打算從第一篇開始慢慢讀，我深吸一口氣後，翻開日記本的封面。

我又想吵架了。

第一句話就這樣沒頭沒尾，沒日期、沒天氣、也沒標題，但我接著讀下去。

我又想吵架了，每天都有讓我想吵架的事。妳穿新鞋子來學校，和上一次我說想買的鞋子一模一樣！當時我說想買那雙鞋時，妳說那雙鞋看起來很幼稚，聽妳這樣說我就沒買，結果卻是這樣？我覺得被瞧不起！妳其實瞧不起我吧？我可以勇敢和妳吵架嗎？

在那短篇幅的日記裡，我彷彿看到一個滿臉憤怒的人蜷縮在地上。不過既然想要吵架，就勇敢去吵架啊？為什麼猶豫不決呢？

「如真有來嗎？」我一聽到美芝的聲音，趕緊把日記放進書裡，並闔上封面。

「嗯，她應該在裡面。」

聽到老師的回答，我拿著書剛站起來，美芝跑來抓住我並問：「妳躲在角落讀什麼啊？」一邊看我的手把書藏到了背後。

「妳為什麼要藏？什麼書？」美芝把書搶過去攤開來，就像看到怪物似地睜大眼。

「噓！」我迅速把書拿走並闔上封面，然後放回原本的架上。

「那是什麼啊？」

「我們先出去再說。」我拉著美芝從圖書館走出來。

「為什麼書上要挖個洞啊？」美芝急切的追問著我。

「那不是我用的，妳先小聲一點。」我看看周圍確定沒人後，就把那本書裡藏著日記的事告訴美芝。

「誰把日記放在那裡面啊？」

「我也不知道！日記上沒寫名字。」

「如果換作是妳的話，妳會把日記放在那裡嗎？」美芝驚訝的不停問著。

「我當然不會啊！」

「我也不會！真的好奇怪啊！難道日記裡有什麼巨大的祕密嗎？為了不要被媽媽發現，所以藏在學校裡？說起來全世界的媽媽們都是喜歡偷翻孩子日記，然後還硬說沒看。」美芝歪著頭說。

「這我也想過，但是再仔細想，要是真想守住祕密，圖書館反而是更危險的地方。就算放在沒什麼人會去翻閱的歷史區架上，但還是有可能會被人看到，這樣祕密就會被揭穿！像現在不就被我們看到了？真要藏日記的話，藏在家裡反而還更安全呢！」

是啊，認真思考就會發現，比起學校圖書館，還有更多安全的地方，像是床底下、書架最裡面，或是藏在衣櫃抽屜的最底部，也都好

過藏在圖書館。

「太奇怪了！真的好奇怪啊！那妳把日記的內容都讀完了嗎？」美芝眼神閃爍地看著我。

「因為妳突然出現，所以我只讀了兩篇，不然我們現在再回去一起讀？」

美芝聽我這麼說，立刻點點頭。我和美芝就再回到圖書館。我從架上剛拿下來，美芝就把它搶過去，她迅速把日記拿出來，然後把黑色封面的書放到我手上，接著快速翻日記，正準備開始唸最後一篇的同時，午休結束的鐘聲響了。

「打鐘啦！該回教室上課了。」老師的聲音傳了過來。

我迅速搶走美芝手上的日記，把它放進黑色封面的書裡，並塞回架上。

「要不要借那本書走？」美芝問。

「不行！日記的主人會發現！妳剛剛有讀到了什麼嗎？」

「這個嘛……他說他很委屈，委屈得心臟就像要爆掉了，他最後結尾問一句我是該感到委屈吧？」

「我讀到的內容是他說每天都想要吵架。」

「每天都想吵架？感到委屈？這根本就是吵架日記吧？李舜臣將軍寫過名為《亂中日記》的戰爭日記留給後代，這本日記的主人該不會也想寫吵架日記留給他的子孫吧？」美芝開始胡說八道。

下課後我和美芝一起走出教室，筱映和同學們打鬧著走在前面，不知道是什麼事情那麼開心，他們的笑聲簡直像在轟炸走廊。我回頭看教室，秀知獨自一人坐在裡面。

「我仔細想了想。」美芝停下腳步繼續說：「圖書館的那本日記，我想了整整兩小時，想到頭快炸開了。因為一直想日記的事，都完全沒在聽課，妳覺得老師會發現我沒聽課嗎？」

美芝說我的問題是容易心軟、缺乏洞察力，而美芝她的問題是常話只講一半，又去扯別的。我有一次跟奶奶說了這件事，奶奶聽完後說那就像——走著走著就跟丟了。那是韓國的俗語，用來形容人突然做莫名其妙的行為，而這就是美芝的問題。

「所以妳想了想，然後呢？」

「嗯？我又扯到別的話題了？妳也經常去圖書館，所以應該知道圖書管理老師既會整理又擅長打掃。雖然多少會有忘記清理的角落，讓有些地方積滿灰塵。然而日記的主人就是看準了這一點，希望老師在整理書籍的時候，能夠發現日記本。妳認為老師發現日記本，她會假裝沒看到？還是會找出日記的主人呢？」

「她當然會找出日記本的主人啊。」

「沒錯！世上沒有任何一位老師看到那樣的日記會坐視不管的！同學之間要是有霸凌事件，哪會有老師置之不理的？那種事件一旦出現苗頭，從一開始就得阻止，我上次在電視上看過……」

「不要走著走著就跟丟了」我打斷了美芝的話。

「呵呵，如果老師找到日記的主人，那麼他的班導一定也會得知這件事。日記的主人就是看準了這一點吧？」美芝看出我不是很理解她講的話，接著說：「我的意思是日記的主人其實很想讓人知道他正在經歷的事，可能他吵架的對象是很強悍的同學吧？他想教訓對方，可是單靠自己的力量卻做不到，所以才想借助老師們的力量。」

聽完美芝的話，我覺得她說的似乎有點道理。雖然不知道日記內容提到的對象是誰，但很有可能就如美芝所說的，是個強悍的人也說不定。

如果日記的主人真的遇到了那種同學，那他肯定會想盡辦法去取

得老師的幫助。然而還是有一些疑惑沒獲得解答，日記的主人為什麼不乾脆偷偷跑去告訴班導呢？為什麼要把一本好好的書挖下一塊，把事情弄得那麼複雜呢？再說也有可能那本日記永遠都不會被發現，那麼這一切就沒任何意義了。

不管怎麼說，我是覺得直接告訴老師，並請老師保密是最好的方法。我把我的想法告訴了美芝。

「聽妳這麼說，也挺有道理。」美芝點了點頭。

「可以的話，最好還是先把整本日記讀完。說不定看完後的我們，會有新想法。」

「同意！我也那麼想。」美芝說。

「我也同意！雖然我根本不知道妳們在說什麼？是要把什麼讀完啊？」杜軾突然冒了出來，夾進我和美芝中間。

「真是的！你想做什麼啊？請你不要多管閒事好嗎？」美芝推開杜軾的臉。

「我才沒興趣管妳們的事咧！妳們有看到聖俊嗎？我才去個廁所，他就不見了！聖俊啊！」杜軾撥開我和美芝，從我們中間跑過去，眼看聖俊已經走得離我們有段距離。

「你怎麼從別人中間擠過去啦？」美芝對著杜軾的後腦勺大吼。

肯定是書鬼魂出現了

「好奇怪！」美芝突然的聲音讓我的心臟漏了一拍，我趕緊摀住美芝的嘴，她這才想到要環顧一下四周。

「昨天讀的明明就是最後一頁，為什麼又多了一頁？太奇怪了吧！」美芝壓低聲音問。我跟著看向美芝攤開的那頁，她說的沒錯，日記又多出一頁，上面寫的是我們先前沒見過的內容。

我真的很想問清楚，我們在超市巧遇，我本來還希望你能過來跟我說話，但你卻頭也不回的走了。我好想當面問你怎麼可以這樣？我應該要問清楚的吧？我應該有問清楚的資格吧？

「難道昨天看到的是我們的幻覺嗎？」美芝歪了歪頭。

如果只有一個人看到，還可能說是幻覺，但我們都一起看過了。更何況昨天美芝在讀的時候，還一邊說這是最後一篇了。

「我們先把日記從頭到尾讀一遍吧？我印象中不到二十張，應該很快可以讀完。」我環顧圖書館一圈，找了個安靜的位子坐下。

今天彷彿連上天都在幫助我們，可以好好安心地讀日記。圖書館

裡只有幾個人，而且都是一、二年級的同學，他們根本不在乎我和美芝在做什麼。加上今天老師特別忙，就連我走進來跟老師打招呼時，老師也只匆匆回一聲「嗯」連頭也沒抬。

不會再有比今天更好的機會了，日記放在我和美芝的中間，我們頭靠著頭讀著。每篇的內容都只有寫幾行，全神貫注讀的話，很快就全看完了。

讀完日記後，我不自覺嘆口氣。我感覺像陷入某人的複雜思緒當中，美芝也看著我跟著嘆口氣。我們把黑色封面的書放回架上，便離開了圖書館。

「看來他們的關係不是我們原本講的那樣，另一個人好像不是那

種強悍的個性。這本日記好像也不是為了告發而做的策略。這兩人原本應該是非常好的朋友卻吵架了。可能是吵架也找不到人可以傾訴，只好獨自一人對著日記訴苦。我覺得日記的主人好可憐！」美芝說到很可憐這三個字的時候，聲音在顫抖。

「他雖然很可憐，但也讓人莫名奇妙！既然有話想說就說出來啊！為什麼要憋著委屈？話如果不說出口，對方要怎麼知道呢？我也是從每次和妳吵架到和好的過程中，逐漸理解妳的感受。如真也是一樣吧？」

我聽美芝說完，點點頭表示同意她的話。

日記裡根本沒出現任何人的名字，我們既不知道日記的主人是

誰，也無法知道他的好朋友是指誰。不過從內容看來，日記的主人相信那個曾經和他很要好的人，是他真正的朋友。如果發生什麼事，他會和對方討論，且任何事物都樂於和對方分享。然而對方似乎沒把日記的主人看作真正的朋友。儘管如此，日記的主人還是不敢說什麼，因為他害怕失去朋友。他擔心一旦說出來，對方就永遠不會跟他和好了，因此他只有在日記裡訴說這一切。

「我看日記的主人應該是沒其他朋友？因為他害怕失去唯一的好朋友，即使感到委屈，也選擇忍住不說，想說的話也說不出口。妳看他一直在猶豫，每次都在最後寫下問句，就知道他有多糾結了，妳也看出來了吧？」

「看出什麼？」就在這時我和美芝的中間蹦出一顆頭。杜軾又不知道從哪裡突然冒了出來。

「你是鬼嗎？」美芝發火地說。

「不是耶！我是人。」杜軾嘻皮笑臉地說。

「杜軾你這個人什麼都好，唯一的缺點就是凡事總愛插一腳。你知道你每次這樣會嚇到人嗎？我看我總有一天會被你嚇到心臟麻痺身亡。」

「是嗎？那我以後先講我要現身了，預告一下再登場好了。不過妳們好像哪裡怪怪的？是不是有秘密？我看妳們一直在竊竊私語，是什麼秘密？也告訴我吧。」杜軾好奇地靠近並且問個不停。

「沒什麼秘密！就算有秘密，我們也不想告訴你！被你知道後，還能稱為秘密嗎？」美芝邊說邊推開杜軾。

「不想說就算了！話說回來，妳們沒看到聖俊嗎？」

「你為什麼總是來問有沒有看到聖俊啊？」美芝再次發火，杜軾就擠過我們中間跑走了。

一邊氣得正朝著杜軾揮舞雙臂的美芝，一邊抓了抓頭又摸摸瀏海說：「我的髮夾！」

「我夾在瀏海的髮夾跑哪去了？用丟的話就糟糕了！」美芝一下愁眉苦臉了。

不過就掉了一根髮夾，有那麼誇張嗎？難道那髮夾是用黃金做

的？而且美芝的瀏海很短，所以我立刻說短瀏海就算不夾髮夾也可以。

「我是因為打耳洞的關係才需要夾髮夾，最近耳朵常常會癢，就好像有人在講我的壞話。髮夾一不見，我覺得耳朵好像又更癢了！髮夾到底跑去哪？啊！書！我在看日記時，耳朵突然很癢，所以我就把頭

髮夾起來。」美芝說完就拉著我跑向圖書館。

髮夾果然掉在日記本裡，美芝撿起髮夾，一邊夾到瀏海上，一邊用眼神示意我把書放回原位。就在我正要闔上日記本的時候，突然又停了下來。我看到小狗怎樣怎樣的，動物醫院裡什麼什麼的，趕緊和美芝說：「日記新增了我們之前沒讀過的內容！」

看來在我們離開圖書館後，有人又多放一張進去。我趕緊環視圖書館，仍舊只有幾個一、二年級的同學。可以在這麼短的時間，像一陣風地出現，放進一張日記後就消失，怎麼有種鬼魅現身的感覺。

「老師，剛才有誰來過嗎？我和美芝離開後，還有誰進來圖書館呢？」我問了老師。

「嗯？我不太清楚喔，因為剛剛很忙。」老師還是連頭都沒抬，一邊認真地寫著什麼，一邊回答。

「剛才除了我們，你們有看到誰進來嗎？」美芝問一年級的同學。

噘起嘴唇思考了一會兒後，一年級的同學搖搖頭。

「我知道是誰！」坐在對面的同學突然開口說。

「那個人長什麼樣子？是女生還是男生？看起來像幾年級？」我一口氣問了好幾個問題。

「我不太確定，不過她的頭髮很長，眼睛像這樣往上，還有明顯的虎牙。」對面的同學一邊說一邊用手把眼睛往上拉。

「頭髮那麼長，當然是女生！那有什麼好不太確定的？」坐一旁

的同學搭話。

「鬼都是長頭髮吧？妳看！說不定剛剛來的就是書鬼魂！」對面的同學把他正在看的書往前推，那是《圖書館裡的長髮鬼魂》的漫畫書。

我差點失手給他一拳，但不知為何心裡覺得有點陰森。難道真的是鬼魂在放日記嗎？動作能夠如此之快，很可能真的是鬼魂……我停下思考並甩甩頭。

日記本的主人究竟是誰？

「我們和上個月一樣，讓秀知擔任嗎？」老師看一眼秀知，再看看全班。

如果是以前，包含筱映在內幾個同學一齊會喊出「秀知！」但是今天班上卻異常地安靜。

如果當讀書委員的人，一個月會有兩次要挑選幾本書給同學們讀，加上簡單摘要出內容給大家參考。接著全班再一起閱讀後並寫下

心得，貼到公告欄。雖然只是簡單地摘要，但讀書委員必須把書讀完，才有辦法整理得出來。

而且有的同學不寫讀後心得，身為讀書委員，還要帶著不想寫的人一起完成，是非常辛苦的事。甚至有同學說當讀書委員的一個月，因為壓力太大還出現掉髮的狀況。但是秀知卻能夠把這項如此艱難的任務做得非常好。

原本讀書委員的任期是一個月，秀知卻已經連續擔任了兩次。因為筱映推薦她，而老師也認為秀知負責的話，自己也輕鬆許多，所以也想再讓她連任讀書委員。

「老師不用問了，就讓秀知擔任吧！那樣大家都開心。」杜軾說。

「說得沒錯！喂，朋友，你怎麼和我這麼有默契呢？」聖俊立刻附和了杜軾的話。

「你們和好啦？上次大吵到全校都差點讓你們掀起來了！」老師看著杜軾和聖俊。

「哎喲，我們哪有什麼可以吵的？之前那不是吵架！只是有一點意見不同而已，不是有句話說過下雨後，土地會變得更堅硬嗎？我們經過一點點意見分歧，之後關係反而變得更好了！是吧？聖俊？」

「杜軾說得沒錯！」聖俊說完後和杜軾互看著並笑嘻嘻地說。

「是啊，下雨過後土地會更堅硬，經歷過困難後，一切也都會顯得更堅固。友情也是一樣，看到你們關係這麼好，老師也很開心。」

老師笑咪咪地說。

今年四月時杜軾和聖俊只要一對到眼，就像要吞掉對方似地互相咆哮。兩人第一次吵架的理由是因為襪子。杜軾穿了粉紅色的襪子來學校，結果聖俊嘲笑他，說他穿女生的襪子。杜軾不滿地質問聖俊，問他為什麼覺得粉紅色就一定是女生的東西？就這樣，當時這對獨特的死黨，因為一雙襪子鬧得沸沸揚揚，吵了將近一個月。

突然某個星期一，兩人又恢復和以前一樣要好，兩人手搭肩進教室。也許週末時他們有碰過面，但兩人都沒多講，所以旁人都不知道

究竟發生什麼事讓他們和好了。

雖然其他同學都說他們難以理解，但是我卻完全可以懂，因為我也和美芝吵過架。當和好朋友冷戰不說話時，真的會憋得發慌，就算周圍有很多同學，感覺卻像只有自己獨自一個人。

「這個月的讀書委員，也交由秀知擔任吧？」老師剛說完，秀知便默默地舉起手。

「老師，我可能沒有辦法。」秀知低著頭小聲地說。

「為什麼？太累了嗎？」

秀知沒有回答，只是用雙手搓了搓臉。

「好吧，連續擔任了兩個月，一定也累了吧。」老師的臉上閃過

一絲可惜的表情。

「就繼續擔任嘛！筱映，妳勸勸秀知吧！」杜軾對著筱映喊話。

筱映只是目視著前方，一言不發。

「秀知也做得很累了，這次就讓其他人擔任吧？大家來推薦一些人選吧！」老師環顧教室。全班為了避免與老師的目光接觸，不是低頭看著桌子，就是抬頭盯著天花板，或是盲目地翻找鉛筆盒。

「筱映妳來吧！妳和秀知不是很要好嗎？繼承好朋友做過的工作也挺不錯的！」杜軾說。

聽到杜軾說到很要好這三個字的瞬間，秀知咬了咬下嘴唇，筱映則是瞪了杜軾一眼。

「不然如真妳做吧。」杜軾也許感覺到瀰漫在秀知和筱映之間的奇怪氛圍，他不知所措地楞了一下，接著突然把矛頭轉向了我。

「如真很忙的！不要只會叫別人去做，要不杜軾你來擔任吧！」美芝站出來替我講話。

「我？我最討厭的東西就是書了耶？」

「所以乾脆就給你擔任嘛！你當上讀書委員後，就會被逼著要讀書了吧？你就是不讀書，才會那麼無知！難道你要永遠都像現在一樣無知地度過一生嗎？不如就趁現在擔任讀書委員，讓自己變得有常識、有知識一點吧！」就在美芝一說完，杜軾正想要回話的時候。我的腦海突然閃過了一個想法，我瞬間舉起了手。

「老師，我來擔任讀書委員吧。」美芝聽見我這麼說，立刻皺起眉頭來。

「哎呀，真是的！本來還想趁這機會變成一個有知識的人呢，好吧！我就禮讓給如真來擔任吧！」杜軾故意拍打著膝蓋表示遺憾。

成為讀書委員後，必須要選出一本推薦全班閱讀的書。那麼我就得經常去圖書館才行，如果偶爾上課晚點進教室，老師和同學也會理解。唯有守著圖書館，才能知道日記本的主人是誰。日記的主人肯定會來確認日記是否完好，也有可能會來添加新日記。只要知道日記的主人是誰，就可以知道他為什麼要把日記本放在圖書館裡。

「老師，不過我有一個請求。」我再次舉起手接著說：「在我擔

任讀書委員的期間，請讓我暫停一個月的值日生工作。我保證會努力做好讀書委員的，除了上課時間我都會待在圖書館，認真挑選出真正的好書介紹給全班。」

我計畫每天一早去守著圖書館，每節下課也都去，午休也要像風一樣快速地把午餐吃完後去守著，說不定就可以發現日記的主人。

儘管我可以從全校到達學校那一刻起，直到大家回家的時候都守著圖書館，但打掃時間是一個問題，所以我提出這個請求。

「這沒有辦法由老師決定，必須問問全班同學的意見。請問讓如真暫停一個月打掃值日生這件事，大家覺得怎麼樣呢？」老師環視了全班。

「呃，如果因為這樣，就不做值日生，好像有點那個。」某個人說。

「對啊！世上哪有人喜歡打掃？我媽也說比起煮飯，她更討厭打掃。」某人附和說。

就在這個時候，杜軾站出來說：「那麼，就讓反對的人去當讀書委員就行啦！你們憑良心說是打掃比較累？還是做讀書委員比較累？如果你們是群聽話的同學那還好討論，偏偏叫你們讀書也不聽，叫你們寫心得也不理，每天督促你們是容易的事嗎？你們以為當上讀書委員後，開始出現掉髮的故事是憑空捏造的嗎？剛剛誰反對？舉手啊！請你來當讀書委員！」杜軾說完，教室變得一片安靜。

「就讓如真暫停做值日生！」杜軾剛說完，聖俊像是在讚賞似地

拍起手來，接著再也沒有同學表示反對。

「好！那就讓如真在擔任讀書委員的這一個月，可以不用做值日生。」老師敲著講桌一邊說。

下課時，我立刻告訴了美芝我的計畫。

「知道日記的主人是誰後，接下來該怎麼做呢？」美芝問我。

「我還沒想到那麼遠。先找出日記的主人再說吧！」聽完我說的，美芝點了點頭。

秀知在圖書館裡？

我一大早就出門了，媽媽說太陽要從西邊出來了，竟然不用她叫，我就自己起床，坐在餐桌前。

我第一次這麼早上學，學校空無一人，操場是如此安靜，寂靜中只聽見我的腳步聲，操場上尚未退去的黑暗還蜷縮在各個角落。

我沒進教室就直接去圖書館，但是門還鎖著，所以我蹲在走廊等圖書管理老師。透過窗戶照進來的陽光佈滿走廊，窗外的鳥兒正鳴叫

著，遠處開始傳來同學們的聲音。我等得無聊了，於是伸了伸懶腰，老師這時出現在樓梯上。

「妳這麼早來是有什麼事嗎？有急著要讀的書？」圖書管理老師趕緊打開圖書館的大門。

我走進圖書館，肚子突然隱隱作痛，因為很早出門，所以沒來得及上廁所。我一邊揉著肚子，一邊走到黑色封面的書那個書架。我拿出日記本，直接翻到最後一頁，依然是跟小狗有關的那一篇。這時隱隱作痛的肚子突然變得刺痛，肚子發出像是打雷般的聲音，我再也憋不住了。我想應該不會有這麼早來圖書館的同學，所以我現在去一趟廁所應該沒問題。

我從廁所回來後看到圖書館已經來了兩個同學。分別是胡說八道鬼故事的男孩，還有說男孩傻的女孩，他們正在還書。

「老師，世界上是不是有書鬼魂？」講了書鬼魂故事的男孩問圖書管理老師。

「老師也不曉得耶？你如果真的很好奇，就在我們圖書館裡面找看看啊。這裡的書這麼多，如果真的有書鬼魂的話，我們圖書館裡面應該也會有吧。」老師說完，兩人便尖叫著跑出了圖書館。

我一邊瀏覽著書籍，一邊思考著該挑選什麼樣的書比較好。因為秀知很喜歡童話故事，所以全班已經讀了兩個月的童話故事。

當我正想著之前已經讀過很多童話故事了，這個月全班一起讀人

物傳記的時候，有人蒙住了我的眼睛。

「猜猜我是誰？」

我聞到了美芝的氣味，便嘻皮笑臉地回答：「書鬼魂。」

「答對了！呃啊！」美芝的手從我的眼睛上移開，接著她把臉一下子湊到我的臉前面。我假裝嚇到往後倒，美芝笑了起來，看到她的笑容，我的心情也好了起來。

「目前沒什麼事吧？」美芝看向放有那本黑色封面的書。

「我剛才看過了，最後還是那篇關於小狗的事。」

美芝慢慢地靠近放有那本黑色封面的書，一到書架前，她就飛快地貼到書架邊。

我們不應該一直在那個書架前閒晃的，正當我腦中冒出這擔憂時，美芝朝我的方向揮揮手。她的表情看起來很驚訝，我因此趕緊過去。

「妳看！後面又多了一張。」美芝把日記本拿到我面前。

我想和你當面談談，你卻總是把我當作隱形人。每次老師問問題時，你都是那副表情。即便我正看著你，你也假裝沒看到我。這比被取笑更讓人傷心，我可以跟你當面談談嗎？

「這是怎麼一回事啊？」我記得去廁所前看的最後一篇，明明是

小狗的那篇。

「妳剛才確定有確認過嗎？」美芝問。

「有啊！」我立刻跑去找圖書管理老師。

「老師，我剛才不是離開一下嗎？有誰在那段時間進來嗎？」

「好像只有一年級的小孩來過。該不會我去洗杯子的時候還有誰來過嗎？這我就不太確定了！但是也沒有歸還的書。」老師看著放置歸還書籍的地方搖搖頭。

我立刻跑到一年級的教室去，剛還完書的兩個同學坐在位子上，聊天聊到脖子上都豎起青筋。

「你們剛才在圖書館有看到其他人嗎？除了老師和我之外。」我

快速地問。

「看到了，她的頭髮有這麼長……」我一問完，之前講書鬼魂故事的男孩便馬上回答。

「喂，不是叫你不要再說書鬼魂的事了？」旁邊的同學打斷男孩的話。

「誰說我在講書鬼魂？書鬼魂的頭髮有到腰部那麼長。但是我剛才看到的姐姐，頭髮只有

長到這裡。她穿藍色的衣服，站在走廊上，接下來的我就不知道了。」

男孩露出委屈的表情，用手指著肩膀。

「你沒看到那個人的臉嗎？」我問男孩。

「有兩隻眼睛、一個鼻子，還有一張嘴巴，好像還有兩個耳朵。」

我回到圖書館，看到一個坐在窗邊的同學背影，她留著及肩的長髮，身穿一件藍色襯衫。看來一年級同學說的那姐姐很明顯就是她，剛好這時她轉頭。

「妳跑去哪了？我沒跟著妳追去，因為我覺得至少要有一個人守著圖書館。」沒想到一年級同學看到的姐姐不是別人，正是美芝。

「妳今天穿藍色襯衫啊？」

「妳剛才不就見到我了嗎？現在才發現啊？經如真這麼一說，妳今天穿了一件黑色T恤？我也是剛才就看到妳了，但感覺卻像現在才第一次見到。果然沒特別留意的話，就會忽略掉一些東西。」

如果沒特別留意，好像就會忽略掉一些東西，沒留意似乎也意味著不關心。想一想這句話似乎很有道理——爸爸也是這樣。媽媽有時剪頭髮後回到家，爸爸都沒發現，當媽媽因此不高興，爸爸就會說他沒留意嘛！

話說回來在我去廁所、老師去洗杯子的這短短時間內，像風一樣出現、用光速放進新日記後離開的人究竟是誰呢？我的思緒漸漸複

雜，就像一團毛線般解也解不開。

最後我借了幾本人物傳記帶回教室。

「哎唷，讀書委員可真認真啊！一早就跑去圖書館選書，看來我很會推薦人選啊！對吧，聖俊？」

「那當然啦！杜軾你看人的眼光挺好的嘛！」他們走到我的旁邊，開始起鬨了起來。

「就連美芝也因為如真的關係，一起變成有知識的人了！她們一天到晚跑圖書館呢！美芝啊，別變得太有知識啊！凡事剛好就好。」

「不過，我能理解妳們兩個去圖書館，但秀知為什麼一大早也去

啊？她不是說不當讀書委員嗎？」聖俊問。

我的頭腦突然一片空白，我趕緊問：「秀知有去圖書館？」

「對啊！秀知剛才從右邊的樓梯下來，那不是通往圖書館的樓梯嗎？除了去圖書館，還能去四樓做什麼？那邊只有圖書館、音樂教室和輔導室不是嗎？今天又沒音樂課，現在輔導室也沒老師在，那她當然就是去圖書館囉。」

「讓我告訴你為什麼吧！」杜軾把手放到聖俊的肩膀上，一邊說：「她是偷偷去監督如真，看她有沒有認真在做讀書委員。因為秀知之前一直表現得很好，所以她當然會好奇新一任委員有沒有認真啊！」

「啊哈，原來如此！」聖俊露出了燦爛的笑容，兩人便搭肩回到座位上。

美芝和我聽完後面面相覷，我們同時看向秀知——日記本的主人，是她嗎？

秀知正在整理鉛筆盒，她把裡面的筆倒在桌上，然後再逐一放回去。看著那樣的秀知，我的心裡不知道為何有點酸酸的。

又如風一般

「她們就是從那時開始吵架的吧？」美芝交叉雙臂，瞇著眼睛說。

這一切都是從某個下雨天，秀知不小心推到筱映的背，結果害筱映摔倒的事件開始的。聽說筱映的褲子還因此濕透了，也難怪她會生氣，而且那天穿著濕透的衣服只能先回家。

「可是再怎麼要好的朋友，也會不小心犯錯啊！既然對方道歉了，身為好朋友，應該接受才對吧？但秀知道歉後，筱映卻不接受，

還繼續生她的氣。」美芝繼續打抱不平的說：「從秀知的立場來看的話，這事件又不是故意的，肯定感到很委屈吧？從那之後筱映就再也不和秀知一起玩了，還拉攏其他同學們一起孤立秀知。所以秀知才會在日記裡寫說好想吵架、想當面談談這些話吧？因為她們雖然吵架了，但秀知並不想和筱映絕交，對吧？完全就是我說的那樣吧？」

的確美芝推理的很有可能。

「到了這地步，她們應該很難和好了吧？哇，秀知要怎麼辦？她好可憐！這件事不用告訴老師嗎？萬一最後真的演變成秀知被霸凌的話就不好了。」美芝滿臉擔憂地說。

「不過她為什麼要把日記本放在圖書館裡啊？她是想讓老師知

道，然後讓筱映被老師罵嗎？」這一點我怎麼想都想不明白。

「應該不是，可能秀知不想和筱映絕交，害怕真的會失去好朋友，所以才一直隱忍的。」

怎麼想都覺得不合理，就這樣我和美芝聊了好久，聊到最後我們一致認為最重要的事，還是先確認日記的主人是誰。

我們很有可能只聽聖俊的話，就誤以為是秀知。但是好朋友因為爭執而感到煩惱的人，又不只有秀知和筱映。全校有六百多名學生，其中四到六年級大約有三百人，也許是其中某對好朋友發生了爭吵。

一到圖書館，我就直奔那本黑色封面的書。

「如真最近對歷史很感興趣啊？我看妳都跑去找歷史書來看。只可惜這類書籍中，只有漫畫受歡迎。最近也開始有同學們去找這種困難的書來閱讀，老師覺得好開心。」聽到老師的話，我的心裡震了一下。同學們？老師說了們這個字，也就是說她也看到有同學會來這區？

「除了我之外，還有誰也來這區嗎？」想到有可能就是日記本的主人，所以我問完後心臟開始狂跳起來。

「嗯？就像原本不太來這一區的美芝……」

「美芝是因為跟我一起來的！秀知是不是最近也對歷史很有興趣？她也常來這角落嗎？」

「秀知她閱讀種類很廣，不僅只是這幾天，她一直以來都是每一區都會去看一看。」

這這樣直到午休時間，都沒發生任何事。在我看守圖書館的期間，沒任何同學靠近歷史區。

第五節的下課時間，我沒辦法去圖書館。因為我要準備全班來討論閱讀心得，但聖俊卻一直在講話。

「我從上幼稚園開始，就把傳記當作繪本讀了又讀，大多數的偉人故事我都知道！不過我們為什麼非得要讀這些故事呢？只需要認識什麼人物做了什麼就夠了吧？一定要知道所有細節嗎？我們知道世宗大王創造韓文字、李舜臣將軍在壬辰倭亂期間擊退日軍，這樣就夠啦！」

聽聖俊講完，我因此有點生氣了。

「更重要的是這些人年輕時是怎麼生活的吧？在取得成就前有遇過什麼困難嗎？還有他們是如何克服的呢？這些才重要吧？」美芝聽不下去，於是先幫我說了。

「哎呦，美芝不過進出了幾天圖書館，竟然變得如此知識淵博！」杜軾說了讓人搞不懂到底是褒還是貶的話。

結果下課時間就這樣結束了，我因此沒辦法去圖書館，不知道日記本的主人會不會在這期間過去呢？我感到很不安。

放學時間一到，我便飛奔圖書館。我拿出日記一攤開，瞬間我感覺心臟彷彿停止跳動——又多了一篇日記！

我先把日記放好，趕緊跑去問老師，第五節課下課是誰來圖書館。

「如真最近好奇怪啊！為什麼時常問我誰來過？」

「啊？那是因為我是讀書委員，所以想知道我們班借書的狀況。」

我胡亂回答。

「原來如此，我想想啊……第五節下課時間？」老師一邊看看電腦，然後搖搖頭。

「除了借書以外，沒有來還書的人嗎？」

「對了！秀知有來過！她來還書。」老師指著桌上一本厚厚的書。

「秀知也去那邊嗎？」我手指向歷史區。

「嗯，她好像有去翻翻幾本書就走了。」

回到教室後，我告訴美芝日記又多了一篇，還有發現秀知在下課去過圖書館的事——這麼看來秀知肯定就是日記本的主人了。

「果然是秀知！如果是她的話，日記裡的內容就很好理解了，按照她的個性，的確很有可能那麼做」美芝邊說邊點頭。

我們現在算是找出日記本的主人了，我和美芝說下一步要來了解日記被藏在圖書館裡的原因。美芝說以現在這狀況，比她讀推理小說還更撲朔迷離。

後來我又自己去一趟圖書館，把剛才因為過於震驚，而來不及讀的日記看完。

我再也忍受不了了！我在文具店撞到一個小孩，我的眼鏡不小心掉到地上，而妳竟然就這樣踩過去！從妳的表情看得出來是故意的！我的鏡框因此變形了，我很努力想忍下來，卻感到再也忍受不了了！我到底該怎麼辦？

日記裡的場景彷彿就在我的眼前，秀知該有多麼尷尬和不知所措？筱映的行為太過分了吧？對戴眼鏡的人來說，那就等同於他們的眼睛。如果眼鏡出問題，會變得一團混亂，而筱映竟然裝作不知道，連一句道歉也沒說就走掉了。一邊讀著日記，我完全可以感受到秀知是多麼辛苦地忍耐著，也覺得秀知和筱映的關係可能永遠都難以修復了。

我嘆了口氣抬起頭，正好看到筱映走進來，她身邊跟著未蘿和韓真，三個人有說有笑，互相戳著對方的側腰嬉笑打鬧。她們那樣子排擠秀知，竟然還可以這麼心安理得？我不自覺地咬了咬下唇。同時我和筱映短暫地對上了視線。

筱映、未蘿和韓真借書後便離開了。當她們三個人在選書、借書，甚至是離開的時候，都一直笑個不停。

我看著筱映突然有種感覺，也許她打從一開始就沒有把秀知當作真正的朋友。她有可能只是把秀知視為像未蘿、韓真那樣，隨便都可以混在一起的朋友。唯獨秀知不知道筱映真實的想法，還把對方看作自己特別的朋友，這麼一想，突然更替秀知感到難過。

歷史
社會科學
藝術
李栗谷
申師任堂
01

過了一陣子，美芝皺著臉來到圖書館，和我說：「今天杜軾和聖俊也是值日生，但他們竟然說臨時有急事就跑了。說什麼有驚天動地的大事？他們有說下週會補打掃兩次，但誰管下週的打掃啊！今天可是大掃除，快累死我了。」

「驚天動地的大事？」

「他們說明天來學校再跟我說，最好真的是驚天動地的大事！不是的話，我就當他們是故意不想打掃，到時候看我怎麼修理他們！」

美芝握緊拳頭說。

先相信看看

「尋找絕配情侶競賽？就算真的有那種競賽，那跟你和聖俊又有什麼關係啊？我看你是說不出什麼驚天動地的大事，隨便亂編的吧？」美芝質問著。

「才不是好嗎？我之前看到有人在臉書發文，所以昨天就和聖俊親自去那裡看看。聽說成為絕配情侶，就可以得到超值獎品，妳知道獎品是什麼嗎？是價值五十萬韓圓的圖書禮券！」聽完杜軾說的，美

芝驚訝得下巴都掉下來。

「不敢相信吧？聽說真的價值五十萬韓圓！而且會選出十組人選，被選中的機率超高耶！」

「就算真的會給五十萬韓圓，那跟你和聖俊又有什麼關係？你們兩個男生也能成為情侶嗎？不是要男生和女生才算是情侶嗎？」美芝繼續質問。

「是上傳臉書貼文的人寫錯了！尋找絕配情侶競賽的活動本來的名稱是『尋找國小、國中生的絕佳搭檔競賽』，因為取名太長後來就被說成絕配情侶了！所以好朋友也能參加競賽，另外聽說他們會出題考默契度，總之我們打聽了很多後決定參加。因為我的心就是聖俊的

心；聖俊的心就是我的心，所以我們絕對能贏！像我們這樣的好朋友不參加的話，那還有誰會參加？不是嗎，朋友？」杜軾驕傲地說。

「是啊，朋友！對了！美芝和如真也去看看啊！秀知和筱映也一起參加吧！世界上很少有像妳們這樣的好朋友。」聖俊說。

「我才正想說那句話，聖俊竟然就替我說了！果然我的心就是聖俊的心；聖俊的心就是我的心！」杜軾把手搭到聖俊的肩上，兩人相視一笑。

秀知和筱映沒有對聖俊和杜軾的話做出任何回應，就算兩人還在聽聖俊和杜軾說話，但秀知卻開始看書，而筱映則胡亂地翻起書包。

第一節一下課，秀知就拿著書站起來，她拿的是林肯的書，我偷

尋找絕佳拍檔競賽

偷跟在她後面，一前一後的走進圖書館。

秀知歸還林肯的書之後，好像停下來思考了幾秒，便開始搜索圖書了。她在童話故事的書架前，從上面抽出兩本書，然後大步流星地走向擺放歷史書籍的地方。

我的心臟開始狂跳不停，雖然已經知道日記的主人就是秀知，但是像這樣親眼看到，還是很令人難以置信。我躡手躡腳走近書架，從縫隙中看到她的頭，她站的地方，正好就是日記本的所在位置。現在她應該正在放新的一篇日記，此時我的心

跳聲大到我都能聽見了，我趕快壓住自己的胸口。

我要不要趁她在放新的日記時，去問她在做什麼？我雖然很想那樣做，但我知道她是不可能會回答我的，而且萬一她被我嚇到，反而把那本黑色封面的書借走，那不就讓日記本放在圖書館背後的理由，成為永遠的祕密了嗎？如果她是想向某人求助的話，那不就害她永遠無法得到幫助了？總之現在不能草率，我屏住呼吸觀察著秀知。

就在這個時候，秀知突然抬起頭，我們隔著書架的眼睛正好對到視線。那一瞬間，我的心臟好像突然停止了跳動。

「哈，哈囉。」我下意識地舉起手笑了笑。

秀知臉上沒有任何的表情。

「我，我，我來找這本書。」我把面前的書抽出來，拿在手上晃一晃。

秀知依然沒任何回應，她手裡拿著一本厚厚的書，逕自往圖書管理老師走去。

我猜秀知也很慌張吧？她應該沒想到有人正在注意自己，可能本來想拿日記，卻發現我正在看她，只好隨便拿起本書就離開了。

秀知離開後，我走到她剛剛站的地方。裝有日記本的那本黑色封面的書，旁邊已經空了出來，我連忙把日記本拿出來確認——沒有新添加的日記。

「妳說秀知去圖書館？啊，都因為我沒寫數學作業才下課要補

寫，剛剛去不了圖書館！所以呢？有新日記嗎？妳有親眼目睹她放日記嗎？」美芝問。

「沒有，而且我偷看的時候被發現了。結果秀知嚇了一跳，就匆匆離開了。但這次我更加確定日記的主人就是秀知。」

「你怎麼更加確定就是秀知？」杜軾的臉又突然從我和美芝中間冒出來，而且他的聲音非常響亮。

美芝嚇了一大跳，立刻出手按住杜軾的嘴。

「喂，噗！呸呸呸！呃，臭死了。妳有沒有洗手啊？妳的手怎麼那麼臭？妳們是怎麼更加確定就是秀知啊？」

「小聲一點！」美芝改成飛快敲了杜軾的頭。

「怎麼確定是秀知？」杜軾壓低了聲音。他應該是看到美芝的舉動，猜到我們正在講秘密。

「我們沒說啊！你聽錯了吧！」美芝擺出冷淡的表情。

「是嗎？所以不是說秘密囉？但為什麼我只要一說到秀知，妳就要摀住我的嘴？」這次換我摀住了杜軾的嘴巴。

「你小聲啦！之後再跟你說！」我的眼睛閃爍著，瞄到美芝一臉埋怨我的表情。像是在氣我怎麼可以答應杜軾，因為只要一進到他耳裡的秘密，就不再是秘密了，哪怕是國家機密，他也會馬上公開。但當下情況緊急，我只能這樣先終止他的問題。

「我們來編個謊吧！」美芝說我們雖然答應要告訴他，但不能全

都說出來，她建議我們在說的時候，要稍微包裝、修飾一下。

我覺得美芝說的很有道理，但是杜軾根本不給我和美芝編謊的時間。每到下課時間，他就追到圖書館來，催促我們快點說。即便我們跟他說放學後會告訴他，但他就連午餐時間也硬要坐在我們的旁邊吃飯。美芝率先宣告投降，她改成提議先交代杜軾保守祕密後就直接說了。

「我們說的這些話，你可以保密嗎？」我嚴肅地問。

「就叫妳們相信我了！」杜軾用丹田的力量說。

「我們也很想，但杜軾你是大嘴巴的事，可是全校都知道的！你不記得四年級的教師節了？老師有告訴過我們千萬不要送禮物，說萬

一收了禮物，老師就會變成壞老師。但我們還是覺得教師節要送點什麼給老師，所以全班還一起開了會。想起來了吧？那麼大的事，你會不記得嗎？」美芝交叉著雙臂，斜眼瞪著杜軾。

杜軾一副努力想要回憶起來的樣子，一邊用力眨眼一邊思考。

「那時因為杜莉的爸爸開麵包店，所以決定讓她帶蛋糕來。大家說好要瞞著老師，偷偷在教師節當天一起感謝老師的教導，結果你卻在教師節當天一大早就傳訊息告訴老師。」聽說就因為你，杜莉爸爸製作的超級大蛋糕，杜莉一家人花了整整三天才把它吃完。

「我想起來了！那是因為擔心老師變成壞老師，所以我才那樣做的，才不是因為我大嘴巴。後來我試著向全班解釋，但大家根本都不

聽。他們只是一直到處說我是大嘴巴，還各班都去宣傳！說起來反而是我最冤枉吧！」杜軾鼓著腮幫子說，一副現在回想起來還是感到很冤枉的樣子。

「那回收事件呢？哼，我看你就沒藉口可說了吧。」美芝接著問。

「啊，我當時真的不知道那張是妳的考卷啊！我沒看到名字。」杜軾這次也是冤枉的表情。

那是美芝的數學考卷事件，有次數學隨堂考，老師出了十五題，考完就當場批改並發還。那天美芝只答對六題，因為墊底的成績而受到衝擊的她，便把考卷扔進回收桶。湊巧那天負責整理回收的人就是杜軾，明明他只需要把紙類回收桶拿去倒就行了，但他卻在回收桶裡

翻找，還把美芝的考卷挑出來。

「為什麼這個會在回收桶裡啊？老師不是要大家把考卷帶回家訂正嗎？有誰丟了考卷嗎？」杜軾一邊大喊，一邊揮舞著考卷，明明考卷上就清楚寫著美芝的名字。

杜軾直到最後都堅持說他沒看到考卷上有名字，而美芝根本不相信他的話。

「你是看到我的分數，故意想讓全班都知道吧？」美芝直到今天都覺得杜軾是故意的。

我還記得美芝和杜軾在那天激烈地大吵了一番，美芝又哭又叫讓場面簡直一團亂。

「還不都是妳又哭又叫的，害我都說不了話。我問妳平常我們在考卷上寫名字，不是寫在右上角嗎？因為那天的考卷是老師臨時出的，所以沒有寫名字的欄位。而妳把名字寫在左下角，所以我才會沒有看到。我一直到今天都還是覺得很冤枉！我當時真的有夠冤枉的，如果我在死前有人問我一生中最冤枉的事，我認為就是考卷事件了！妳們怎麼可以沒求證就隨便誤會人啊？我才不是妳們認為的那種大嘴巴！就請妳們相信我一次了。」杜軾激動得放下湯匙，邊說邊用拳頭捶了捶胸口。

我看杜軾的表情不像是在說謊。

完全就是秀知會做的事情

秀知和筱映站在斑馬線中間，而看到這幕的我正吃著冰淇淋，因為驚訝而僵住無法思考，任由冰從嘴角流下來，空氣瀰漫著陰冷的氣流。

事情發生在我、美芝、杜軾，還有聖俊在便利商店買完冰淇淋後，剛把它放進嘴裡的瞬間，美芝戳了戳我，我看向她指的地方——秀知正在過馬路，但筱映不知道從哪裡突然出現，搶走她的背包，並把它

用力砸在斑馬線上。短短一瞬間遇到這些事的秀知，看了一眼被砸在地上的背包，然後抬起頭看向筱映。她們站在斑馬線上，就這樣面對面看著彼此，兩人之間瀰漫著一股陰冷的氣流。

「秀知和筱映的關係惡化成那樣啦？我都不知道變得那麼嚴重了。」杜軾率先打破了寂靜。

我也和杜軾一樣，不知道她們已經惡化成那樣了。

「之前兩人還好的要命，怎麼突然變這樣啊？」聖俊咂了咂舌，他似乎完全不知道秀知和筱映之間發生什麼事。

也就是說，杜軾有保守著祕密，我暗自慶幸著他目前不是大嘴巴。再加上男孩子似乎都對此比較遲鈍，也不會察言觀色。秀知和筱映都

不知道多久沒再互動了，他們竟然都沒發現，說起來他們好像對班上誰討厭誰、誰喜歡誰都沒察覺。

還記得微簫曾經喜歡過聖俊，他生日那天還送他一頂帽子。而且那頂帽子可是因為偶像戴過，受歡迎到被搶購一空。然而即便收到如此貴重的禮物，聖俊也不懂微簫的心意。

「叭叭」一變綠燈，路上的汽車們便按喇叭。秀知這時才撿起背包，有氣無力地走向人行道，她低垂的肩膀、沈重淒涼的步態讓人看得想哭。

筱映則站在原地盯著秀知背影直到——叭叭叭，汽車再次按喇叭，她這才轉頭瞪了一眼汽車後離開。

「她瞪汽車是想怎樣啊？杜軾啊，我們之前不是有計劃？就是你和我、如真和美芝，還有秀知和筱映，要一起參加絕佳拍檔競賽的計劃，想要拿下我們學校第一名到第三名，現在看來是不可能了！要來改變一下計劃。」聖俊語帶惋惜地說。

秀知頭也不回地離開，接著就消失在街角。筱映望著秀知消失的地方好一陣子，然後朝另一條路走了。

我看著馬路上的這一幕，腦海裡突然冒出了這句話——和生疏的關係相比，原本親近的關係如果分裂的話，似乎更容易厭惡對方。

當我到家正在吃零食時，突然收到了杜軾傳來的訊息：「我想讀

一下妳說的日記，要怎麼做？秀知和筱映的關係比想像的還要嚴重。」

我回訊息：「明天早點到學校，然後直接上來圖書館吧。」

我突然覺得告訴杜軾秀知日記本的事情是件好事。所謂三個臭皮匠，勝過一個諸葛亮。讀了日記後，說不定可以找出我和美芝意想不到的部分。

隨著開門聲奶奶到家了，她先到廚房端杯水後，就坐到我旁邊。

「是拔絲地瓜啊？看起來好好吃！妳媽媽別的我不敢說，但料理是真的做得不錯啊！尤其這時代因為嫌麻煩，人們連小菜都買現成的，但妳媽媽不管什麼都親手做來吃。雖然她在回話時，硬邦邦的口氣聽了就討厭，但是每次看到她家事做得乾淨俐落，又討厭不起來了！」

奶奶邊說邊捏起一塊拔絲地瓜放進嘴裡，立刻豎起大拇指。

「手藝果然沒話說！都怪她廚藝太好，讓我肚子這麼大。對了，妳上次那個真什麼人書還是什麼的？怎麼樣了？」

這幾天除了心思都在秀知的日記上，加上老師也沒再提真人書的事。奶奶沒問的話，我竟然把這件事忘得一乾二淨了。

「看妳的表情是不打算做吧？奶奶覺得啊，如果如真可以為某人帶來幫助的話，就算只是講出自己的故事，也是在做一件好事喔！有時候看來沒什麼大不了的事，卻很可能對他人來說會是很強的支持力量喔！嗯，這真好吃啊！只剩下這些了嗎？」奶奶一邊吸著拿拔絲地瓜的手指，一邊再次走進廚房。

這世上和自己沒直接關係的事，每個人都會和奶奶說一樣的話——幫助他人是好事、是有意義的。但是真的要成為真人書的話，事情就不是說句話那麼簡單了。

在補習班上課、回家吃晚飯的時候，秀知的背影都不曾離開過我的腦海。甚至躺進被窩準備睡覺時，也都還是她的背影畫面。我好想幫助她，但是因為不知道她想要的是什麼，所以也不知道可以怎麼幫她。如果可以知道她把日記本放在圖書館裡的原因，說不定就有機會讓秀知和筱映和好。

整晚我都似睡非睡的，夢境也有秀知背影，我在夢裡一直跟在她的後面。可能沒睡好讓我起床時很痛苦，但是我也不能這樣而晚到圖

書館，因此我隨便吃過早飯後就匆匆出門了。

「看來如真最近很喜歡上學！喜歡上學就是喜歡讀書，看來我們如真終於對學習產生興趣了！」媽媽還說她沒想到人生會迎來這樣的一天，高興得不得了，讓我覺得有點對不起媽媽。

杜軾正在圖書館門口等著我，一看到我出現，他便伸著懶腰站起來說：「圖書館什麼時候開門？我已經等半小時了。」

這時樓梯間傳來了上樓的腳步聲，接著老師便隨著驚呼聲出現了「天啊，這是誰啊？你上午時間來圖書館，我都已經感動得要哭了，結果今天竟然一大早就跑來圖書館！這不是老師在做夢吧？」老師看

到杜軾後嚇到差點摔倒。因為圖書管理老師說過杜軾是全校借閱證最乾淨的小孩。

杜軾出現在圖書館，就像乾旱的大地長出豆子一樣罕見。平時他一個月最多就來兩次，只為了還班級共讀的書，通常是還了就走，除此之外平時連影子都看不見。

進到圖書館後，我把放在黑色封面的書裡的日記本拿出來，杜軾坐在最角落的位置開始讀日記。讀的時候他的表情不停地變化，一下想哭、一下又是生氣，有時候還會轉換成徹底死心的樣子。

「妳說這是秀知的日記？」讀完後，杜軾看來很疲憊的問我。

「嗯。」

「雖然很無奈，但是可以理解秀知的心情。本來就因為吵架，變得和筱映都不說話了，如果又再因為委屈、生氣而去找筱映追究、理論的話，那她和筱映之間就徹底鬧翻了。所以才會把無奈、鬱悶的心情寫在日記本上，果然是秀知會做的事。」杜軾邊點頭邊說。

「杜軾現在是在讀什麼書？竟然可以靜靜讀四十分鐘？看到你那種受到感動的表情，肯定是什麼名著吧？」從圖書館裡走出來的時候，圖書管理老師帶著滿臉燦爛的笑容對杜軾說。

「名著嗎？啊，是的，讓人深思的書都算是名著吧？」

「當然！發人省思的書當然是名著。」老師叫杜軾以後也要常來

圖書館，他拍胸脯回答說不用擔心，接下來每天都會來報到。

「你認為秀知為什麼要把日記放在圖書館？」走回教室時，我問杜軾。

「我覺得她是想求助，我雖然有點無知，但還算會察言觀色。藏著日記的書架都放又厚又難懂的書，只有高年級且愛看書的同學才讀那樣程度的書。所以她可能覺得日記會被某個讀了很多書的同學發現。通常書讀得多的同學也比較有想法，所以秀知應該是相信他們能夠幫忙。現在被妳發現了日記本，秀知的計劃也算是實現了。」杜軾表情嚴肅地進行著推理，接著說：「秀知是希望有人讀到她的日記，並回答她寫在日記裡問題，讓她知道該怎麼行動。首先所有的日記都

以問句結尾，就是最明顯的證據！日記篇幅都很短，所以也有讓人寫回答的空間，這是第二個證據！當然也可能有讀完日記選擇不回答的人，而是去告訴老師，不過就算事情變成那樣也不用擔心，因為老師也會保密。秀知應該沒想到日記會被妳或美芝這樣的同學發現，竟然如此堅持不懈地尋找日記本的主人。」

杜軾的推理越聽越有說服力，但是那本書並不一定會被有想法的同學發現。也有可能是截然不同的情況，如果今天是一個話多又愛管閒事的同學發現日記，那事情可能就會被傳到大家的耳朵裡。那樣一來，秀知就永遠都得不到她想要的答案了，但是她真正想要的是什麼呢？

日記本的秘密

秀知沒來上學。老師說她重感冒要在家休息，但不知道為什麼，我總覺得她應該不是這樣才請假的。說不定是因為昨天和筱映的衝突才請假的，當時在人來人往的斑馬線上發生那樣的事，她一定感到很丟臉、很傷自尊心。

今天下課我就沒去圖書館，反正秀知不在也不會有新增的日記，所以不用一直守著圖書館。

「我認為秀知沒來上學不是因為生病。」美芝說出了我的想法，我也把早上杜軾說的那些話告訴了美芝。

「杜軾和我的想法一樣，無論是想告訴老師，還是想詢問其他同學的想法，反正她就是想讓其他人知道。妳看我的推理能力也滿強的嘛，對吧？」美芝興奮地說。

我舉起大拇指，揮舞了幾次，美芝喜歡在這種時候給她很多讚美。之前我和美芝吵架的時候，她就曾經和我說過她很討厭我在她講話的時候直接反駁她，還說就算她真的錯了，也要等她講完，因為等她講完就會自己發現說錯了。她當時邊哭邊問我為什麼不等她把話講完？話一說出口就被反駁、否定，都不知道有多傷人的自尊心。

從那之後，即使美芝說了一些荒唐、不合理的話，我也只是靜靜地聽她說完。然後過沒多久，美芝就會坦誠自己的想法似乎是錯誤的。

自從我們了解了彼此的感受之後，就沒有什麼事情好再爭吵的了。

「我長大後應該可以去當偵探之類的。」我對美芝的話表示了同意，她想到了一些我沒想到的部分。為了讓別人知道這件事情，而把日記本留在圖書館，這樣的理由是我完全想像不到的。

筱映似乎根本不關心秀知有沒有來學校，她依舊和其他同學有說有笑地嬉鬧著。

「真無情！」美芝朝筱映的背影噘著嘴說。

直到第四節課下課，我都沒去圖書館，有些同學就開始不高興了，

有的甚至還說：「才當沒幾天的讀書委員，這麼快就厭倦了嗎？之前就像住在圖書館一樣，怎麼現在連去都不去了？既然如此，是不是要恢復值日生了？」各式各樣的質疑聲浪接踵而來。

在同學施壓下，我和美芝吃完午餐後便一起去圖書館，一進去，我立刻把日記本拿出來確認。

「有什麼好確認的啊？秀知又沒上學，難道會有新增的日記嗎？」美芝說。

「我不是要確認有沒有新日記。是杜軾說的沒錯，每一則日記的篇幅都很短，而且都集中寫在上面，下面還留有很多空間。她確實是希望有人可以回答她的問題。」我把日記本拿給美芝看。

「看來我需要重新認識杜軾了，這幾天相處了解後，發現他有一些不錯的地方，挺厲害的！」美芝點著頭說。

「我的確是有一點厲害。」這時杜軾的臉突然又從我和美芝中間冒出來。

「嚇我一跳！我的心臟總有一天會被你嚇到跳出來。」美芝輕輕地拍了拍胸口。

「我好像還沒看過有人的心臟跳出來過耶？但妳剛才在誇我什麼啊？被誇獎的感覺還挺不錯的呢！」杜軾笑嘻嘻地說。

「杜軾值得誇獎的地方何止一兩件啊。」杜軾的身後跟著又冒出另一張臉，是聖俊。

聖俊怎麼會在這時間點出現在圖書館?我看著杜軾,用眼神問著他,難道?該不會?告訴聖俊了?

接著杜軾搔了搔後腦勺說出:「對!我說了!」

「我就知道會那樣。」美芝握緊著雙拳說。

「妳先別生氣,我和聖俊每天都黏在一起。等於我

就是聖俊；聖俊就是我，這妳們都知道吧？所以如果我要跟妳們討論秀知的日記，聖俊也必須知道這件事情才行。我總不能一天到晚孤立聖俊吧？而且聖俊的口風超緊，簡直和密封罐一樣，一點點風聲都不會走漏，所以不用擔心，相信他就對了。還有真正的重點是，我跟聖俊說了日記的事後，他一聽完就說出了跟我一樣的想法，他也認為秀知是希望得到某人的幫助，所以才把日記本放在圖書館的。」聽完杜軾的話，聖俊默默地點了點頭。臉色看起來很嚴肅，和平時嬉皮笑臉的樣子不同。

「從現在開始大家真的要管好嘴巴了！原本一兩個人知道的事情，照這樣下去可能全校都要知道了。」美芝堅決地說。

「哎呀，也沒人可說了啦！我和聖俊兩人最要好，就請妳相信我們了！」杜軾肯定地說。

「那現在該怎麼做好？要在日記裡寫上給她的答覆嗎？」

「那如真妳來寫吧！妳是我們四人裡面文筆最好的，不是嗎？」

聽到美芝這麼說，杜軾和聖俊同時點頭。

「我們四個人都知道了，所以比起我一個人寫，我認為四個人一起討論過後再寫，好像會比較好？聖俊你和杜軾雖然很要好，但也有吵架的經驗啊。」

「我們還差點就絕交了。」

「我和美芝也是一樣！那我們回想當時的事件，互相討論後再寫

下來吧。」我們決定一起寫，並從圖書館借走那本黑色封面的書。反正秀知今天請假，所以不會有問題的。

放學後我們在冰淇淋店集合，我們坐在大冰箱旁，是個和其他座位稍微有點距離的角落座位。

我們一起重新讀了第一篇日記《下雨天事件》。

「當時是秀知不小心推到筱映，所以筱映才跌倒的吧？偏偏還跌進積水裡，連褲子都全濕了。哎呀，全濕了的話，肯定是很丟臉的。而且還在人來人往的街道上，我想筱映應該是因為太丟臉，才氣到不想接受道歉吧？我好像可以理解筱映的心情耶？等一下！所以筱映昨天才在斑馬線是報復她的嗎？為了讓秀知也嚐一嚐在大馬路上丟臉的滋味？」杜軾揉著下巴說。

「只因為那樣就報復朋友？朋友間怎麼可能這樣？話說回來，該寫什麼回覆呢？如果叫她想生氣就生氣，好像在慫恿她去吵架；如果叫她忍耐，應該會讓她更憤怒。」我邊說邊回想奶奶某天曾經這麼說

過，如果對那些吵架的人說要忍耐、再忍耐、繼續忍耐，會可能導致更大的爭吵。因為吵架的那些人會覺得早已忍耐到極限，再也忍無可忍了，為什麼還要再叫他們忍耐？我把奶奶說過的話，告訴了美芝、杜軾和聖俊，他們都覺得似乎滿有道理的。

「真的要寫些什麼來提供幫助的時候，反而好難下筆啊！好難表達我在讀日記時的那種心情。」

我們討論的內容改來改去，直到最後要散會時，我們竟然連第一篇日記的答覆都寫不出來。當初沒想到要用文字來表達情感，竟然是如此困難的一件事情。

結果我們一個字都沒有寫，只吃完冰淇淋就解散了。

「會不會早在我們知道之前，筱映和秀知就已經出現裂痕了？我和聖俊就是那樣啊！全班都以為我和聖俊大吵特鬧的那次是因為粉紅襪子，但事實上在那之前已經發生了很多事。」散會之前，杜軾說。

「我是沒什麼印象，但杜軾說我很常對他說那種話。批評他穿得像女孩子，笑他穿老爺爺的褲子。杜軾說他只要聽到那些話就默默忍耐，但是最後在粉紅襪子的時候爆發了。如果早點讓我知道的話，我就不會一直開玩笑，因為我完全不知道他在忍耐。」聖俊撓了撓頭。

「不論是多麼親近、要好的關係，都無法完全地了解對方的感受。這就是為什麼表達出自己的感受非常地重要。」杜軾認真地說。

杜軾真人書

秀知今天也沒來上學，我們突然覺得筱映和秀知之間的問題，可能遠比我們想像中要嚴重得多。

我隨便地吃過午餐後就跑去圖書館，美芝和杜軾、聖俊三人隨後跟上。

「秀知怎麼又沒來上學？再這樣下去，她該不會就休學了吧？或是轉學之類的？我和杜軾大吵那次，我們後來連話也不說，那時我也

想過轉學。如果我當時真的那麼做的話，現在的我們應該變成了連在路上遇到都感到討厭的地步，彼此可能會成為對方最討厭的人，光是想到就覺得可怕！」聖俊說。

我真的很想讓秀知和筱映和好，為了達成目標就必須在日記寫下答覆。經過煩惱和討論許久該怎麼寫後，最後我們還是先將那本黑封面的書歸還。

正當我們要走進教室時，突然一聲「碰！」的撞擊聲，走在最前面的杜軾同時發出慘叫。杜軾皺著眉頭揉額頭，他不巧撞到正從教室出來的筱映。筱映發紅的額頭看起來也很痛，她狠狠地瞪了杜軾一眼。

「這不只是我的錯好嗎？這樣撞到是我們各錯一半。」杜軾氣憤地說。

「你站在那裡看清楚，我一隻腳已經走出門外了吧？所以是我先出教室門，是你眼睛都不看前面。」

杜軾和筱映你一言、我一句，誰也不願認輸，兩人吵得不可開交。

「唉呀，真是太無奈了啊，就是因為妳這樣，秀知才會那麼地憤怒吧？我如果是秀知，肯定也會那樣的。」杜軾還是沒保住秘密，闖出了如超強颱一般的災禍。秀知的名字一出口，筱映瞬間變臉，杜軾似乎也驚覺到不對勁，趕緊捏住嘴巴，而原本瞪著杜軾的筱映，也瞪了我、美芝和聖俊。

「我的意思是說我知道你和秀知吵架，然後也知道妳在孤立秀知。」杜軾最好一直保持安靜不語就好了，但他偏偏鬆開了捏著嘴的手，又補了一句。

如果有人一隻腳不小心踩進水裡，就應該抓住什麼東西想辦法讓自己出來。而不是因為慌張，使得另一隻腳也踏進水中，杜軾此刻正是雙腳落水的狼狽窘境。

「誰說的？誰說我孤立秀知？秀知說的嗎？」

「唉呀，需要聽誰說嗎？一看就知道了啊！妳別看我這樣，我察言觀色的能力可是一百分好嗎？褲子全濕了一定很丟臉又生氣吧？換作是我也會生氣，不過孤立別人還是太過份了吧？」

「哎唷喂呀，夏天都還沒到，杜軾你熱到頭腦不正常了嗎？」聖俊慌張得用拳頭堵住了杜軾的嘴。

「不該選擇相信杜軾！我就知道會這樣。」美芝嘆了口氣說。

我做夢都沒想到杜軾竟然會連日記的內容都講出來，現在秀知被誤會是跟我們告狀筱映跟她吵架，事態演變得越來越嚴重。

還不如一開始就假裝什麼都不知道，當初看到日記本時，就放著不管它、不去想那是誰的，不去好奇它為什麼被放在圖書館，什麼都不要做就對了。

如果我沒告訴美芝，杜軾也就不會知道，這樣一來也就不會演變成這樣的局面。我本來想幫助秀知，結果卻給她帶來更多麻煩。

聖俊拉著杜軾走進教室，他們進到教室後，筱映站到了我和美芝的面前，看起來好像有話要說。萬一她問說怎麼知道和秀知吵架還有孤立她的事，那該怎麼辦？我的腦中一團混亂。

美芝偷偷地抓住了我的手，筱映就這樣一言不發站著，過一陣子才進教室。

我決定今天要負責打掃，除了秀知沒來學校，不用去盯著圖書館，但更重要的是因為杜軾。杜軾和筱映今天一起當值日生，不知道他又會闖出什麼禍，我得看好他的嘴巴才行。

沒想到杜軾和筱映就只是打掃而已，兩人一句話也沒說。打掃結束後，筱映就和未蘿一起回家了。

筱映一離開，美芝就大罵杜軾一頓，他一句話也不說，只是低著頭聽美芝碎念。

「杜軾也只是想做些什麼，結果不小心弄巧成拙了。他又沒有惡意，不要再罵他了。」聖俊站出來為杜軾說話。

「話說回來，秀知的麻煩似乎更大了！」我的憂慮如海浪般湧了上來。

「可以說說我的想法嗎？」杜軾一邊看美芝的臉色一邊問。

「你什麼時候問過別人同意再發言了？你剛才對著筱映口若懸河，那口才不是好的跟什麼一樣嗎？」

「如果非要在勸她生氣或忍耐之間，選一個寫下回覆的話，我覺

得建議她想怎麼做就怎麼做，這樣比較好。因為今天如果不管發生什麼事，她都只是靜靜地不採取任何行動的話，筱映好像只會變本加厲而已。」

「我的想法也和杜軾一樣，就是因為秀知都不採取任何行動，筱映才會以為自己什麼都很厲害，變得更加盛氣凌人。秀知的個性本來就很安靜，話也不多，即使是以前她們很要好的時候，也一直都是那樣。筱映說要怎麼做，她就聽話配合，照筱映說的去做，所以筱映肯定也以為秀知沒有任何不滿。筱映需要知道她這樣做錯了。所以哪怕是現在，我認為秀知最好馬上就向筱映明確地表達感受。」

聽了聖俊的話，我覺得很有道理。要是不表達，對方就無法知道自己的感受，就像杜軾和聖俊說的那樣，我的父母偶爾也會因此而吵架。

「一定要我說出來你才懂嗎？我們都結婚十五年了，難道都沒有默契嗎？」媽媽經常問爸爸這個問題，然後爸爸總會無奈地告訴媽媽，如果什麼都不說，對方要怎麼知道？別說十五年，就算結婚一百五十年，也無法理解對方的全部感受啊！

杜軾提議現在就在日記裡寫回覆，哪怕簡短回覆也沒關係。

「今天又是四個人一起來啊？」走進圖書館時老師問著。

「因為我們要參加尋找絕佳拍檔競賽，我和聖俊一隊，如真和美

芝一隊。我們兩隊立志要贏，為校爭光。為了成功達到這目標，我們每天都一起討論要怎麼做才能贏，就變親近了。」杜軾雖然是隨口掰的藉口，聽起來卻滿有那麼一回事的。

我們四個人把黑色封面的書放到桌上，絞盡腦汁地討論起來。

「如果想生氣，那就生氣。」

「如果有想要追究的事情，就要去追究。」

「如果想吵架，就告訴對方你想吵架。」

我們在每一篇日記底下，都寫下了一個簡單的答覆。

「寫完這些答覆，怎麼有種真的要她去吵架的感覺。」我總覺得詞不達意，杜軾也說他跟我有一樣的感覺。

「要擦掉嗎？」

「擦掉吧！」三人都表示贊成，於是我把所有寫下的答覆統統擦掉，為了不留下痕跡，我專心地擦著。突然間，一道亮光閃過我的腦海。

「真人書！杜軾，你去當真人書吧？我怎麼都沒想到？我們可以想辦法讓秀知借閱杜軾啊！」

「喂，羅如真！妳在說什麼啊？怎麼突然扯到真人書去？我不要！我之前就是因為做那個什麼真人書，才和微簫起爭執，還要被大家說是連魚的名字都不知道的無知小孩，這些事情妳不都知道？結果妳現在要我去當真人書？我誓死拒絕！」杜軾連原因都不聽就拒絕。

「不是要你做關於釣魚的真人書，而是關於友誼的！不會很困難，你和聖俊只要談談那些說過的事就可以了。你之前不是說，在粉紅襪子事件前，你就對他有些不滿的地方，但你一直忍耐都沒說嗎？這是要讓秀知明白，如果要守護友誼，說出真實感受很重要。」

「這個主意還真不錯！那麼比起杜軾自己，聖俊也一起加入的話會更好吧？這樣感覺更加真實生動耶？」美芝豎起了大拇指。

「喂，那如真和美芝也應該一起做啊！妳們不是也常常吵架又和好？為什麼只有我們做啊？」杜軾說。

「我們可沒有像你們吵得那麼嚴重好嗎？不過既然你這麼誠心誠意地邀請，我和如真就做個附錄之類的吧。」聽到美芝的話，我噗嗤

一聲笑了出來。沒想到竟然還有真人書的附錄！

就算聖俊和杜軾同意當真人書好了，仍然存在一個問題。秀知會想借閱杜軾嗎？如果秀知不借閱，那就沒有任何意義了。但不管怎樣，我們決定放學先聚集在冰淇淋店裡討論再說。

借閱真人書就附贈披薩

吃了兩桶冰淇淋後，也到了該去補習班的時間，我們四人還是沒有想出什麼好點子。最後我們決定各自回家想一想，如果有想到不錯的點子，再傳訊息告訴大家。

我滿腦子都在想著要怎麼讓秀知借閱杜軾的真人書，還因此被英語補習班的老師罵上課不專心。

晚餐我只隨便吃了一點，因為一直想不出好辦法，所以一點胃口

都沒有。我甚至還失眠，為了讓自己睡著，我閉上眼睛，結果眼前出現了數百本真人書的字樣漂浮在空中。好不容易睡著，結果夢裡出現圖書管理老師，正在圖書館門口張貼著杜軾的照片。

「老師您怎麼知道杜軾要成為真人書的呢？」我覺得很神奇，於是問了老師。老師沒回答，而是看著我微笑。看著笑盈盈的老師，我從睡夢中醒了過來，為什麼老師會突然出現在我的夢裡？難道老師也知道關於秀知日記的事嗎？

我突然冒出了這樣的想法，我和美芝經常出入圖書館，甚至連杜軾最近也時不時地出現在圖書館，而且我們還會聚在角落裡竊竊私語。老師可能覺得我們有些可疑，但是老師如果知道關於日記的事，

是不可能會坐視不管的。她肯定會去告訴我們班導。還是說老師雖然看過了，但是由於還不知道日記的主人是誰，所以正在觀察嗎？都因為這個夢，害我一直到早上都沒辦法再次入睡。

「奶奶，夢境會有跟現實相同的時候嗎？」我邊吃早餐，邊猶豫該不該問這個問題。

「妳這孩子又在說什麼？我看妳前陣子一睜開眼恨不得馬上衝去學校，今天怎麼又賴床啦？是因為做夢才那樣的嗎？夢就只是夢，別再說那些沒意義的話了，趕快吃妳的飯吧！」媽媽不留情面地說。

「妳是做了什麼夢呀？為什麼那麼問？」

「就是圖書管理老師滿臉笑容地出現在我的夢裡。」我一邊看媽媽的眼色，一邊說。

「如真妳不是說最近一早就去學校，是因為要去圖書館嗎？看來是要被圖書管理老師表揚了吧。」

「哎呀，媽，上次您不是說夢和現實是相反的嗎？如果老師在夢裡笑的話，現實中就是發生

讓她生氣的事吧？看來如真妳闖禍，要挨罵了吧？」媽媽冷冷地說。

「那是之前如真做莫名其妙的夢時的情況，這次夢不是莫名其妙的啊！如真每天都去圖書館，那麼每天也都會見到老師，不是嗎？所以也有可能是夢裡提前顯現她們之間即將發生的事。我有在電視上看到節目有科學根據說夢境會反映心理，還說什麼心理層面的東西，可能會出現在夢裡。如真和老師之間大概是有什麼事吧？有可能是如真需要請求老師的幫助，或是反過來幫忙老師也有可能。」聽完奶奶的話，我猶如醍醐灌頂般想到了一個好主意。

「很好，那樣做就行了！」我趕緊放下湯匙，從廚房走出來。

「唉，媽，如真如果說她做了什麼夢，您就告訴她那又沒什麼，

本來就有可能會做那樣的夢。您講了一堆這麼嚴肅的內容，搞得那孩子又開始想些有的沒的了。」媽媽嘆了口氣，並責怪奶奶。

「妳知道下週補習班有英語考試吧？昨天補習班老師給我打電話了。聽說妳上課都不專心啊？別再扯夢的事了，趕快好好唸書！」媽媽的聲音猶如尖銳的刀子一般刺進我的後腦勺。

找圖書管理老師幫忙就行啦！我怎麼都沒想到這個方法？如果杜軾和聖俊說要當真人書，老師肯定會非常高興和歡迎的。她等待已久的真人書終於出現了，老師心情好的話，無論我提出什麼請求，她說不定都會答應。

杜軾和聖俊成為真人書後，必須請老師不要透露這是誰的真人

書，只需要讓大家知道最新真人書開放借閱中。除此之外，還要拜託老師幫忙極力宣傳，說這是非常帥氣、非凡的真人書，借閱後絕不會後悔。

那樣同學們就會變得更感興趣，到時候再以抽籤、或號碼牌的方式來進行熱門真人書借閱。也就是說要透過抽籤，幸運抽中的人才能借真人書。如果這本真人書不是任何人想借就可以借的，同學們肯定會更想借。

這就和別人越叫你不要做，你反而越想做的心情是一樣的。雖然暫時還沒想到要用什麼方法來抽籤，但是全校學生都是抽籤的對象，老師只要安排將秀知選為真人書借閱的幸運得主就可以了。

真不知道我這顆腦袋瓜是怎麼跳出這麼驚人的好點子的，這似乎多虧了夢，因為夢裡出現了圖書管理老師，我才想到了這個厲害的好點子。

我向美芝、杜軾、聖俊說了我做的夢，以及延伸想到的點子。

「這個點子是不錯，但這樣我們就要告訴圖書管理老師日記的事情囉？秀知會希望我們這麼做嗎？」聖俊說。

「秀知有可能不想讓老師知道，如果老師讀了日記，很可能會去請班導幫忙秀知。」杜軾接著說。

「日記本的事情也可以不用告訴圖書管理老師啊，就說秀知和筱映吵架了，杜軾和聖俊想根據自身的經驗協助她們和解，這樣講就好

啦。」

「哦吼，那樣就沒問題了！如真妳好強啊。妳是因為讀了很多書，頭腦才那麼靈活的嗎？」杜軾讚嘆地說。

「我不是說了是因為做夢嗎？」

「哇，真是個令人感激的夢啊。」

一有想法，最好馬上就付諸行動，於是我們在第一節課開始前去圖書館。

「老師，杜軾和聖俊說要當真人書。」我對圖書管理老師說。

「杜軾？他不是說再也不做真人書了嗎？」老師停下整理書籍的動作，睜著圓圓的眼睛看著我們。

「我原本的確是那麼想的，但我覺得我有必要負起責任。都是因為我白白當了真人書一號，結果搞砸了老師您真人書借閱的計畫，不是嗎？」

「嗯，也沒有到搞砸啦，就是造成了一些麻煩。」老師的回答並沒有完全地否認。

「聽起來你是想要再做一次真人書，那你有再多學習一些釣魚相關的事物嗎？如果只因為跟著爸爸去釣過兩次魚，就做真人書的話，可能又會發生之前微簫那樣不好的事情。」

「不是那樣啦！」杜軾不知道是不是因為覺得丟人，突然生起氣來，老師看到杜軾的樣子笑了出來。

「其實是因為秀知和筱映吵架了！她們吵很久了，到現在都還不跟彼此說話。我們擔心她們如果再繼續吵下去，時間一長很可能就永遠絕交了。」我站出來說。

「難怪她們兩個變成分開走，以前秀知和筱映總是會一起來圖書館。」老師點著頭說。

我向老師解釋了為什麼杜軾想要成為真人書，當我們說到粉紅襪子事件的時候，老師猛烈地點頭，彷彿她知道發生了什麼事。

「好，就照你們說的去做吧！如果可以讓秀知聽聽杜軾和聖俊的經驗談，會對她有很大的幫助。尤其杜軾的故事更是如此，儘管杜軾因為聖俊的話感到難過，但因為擔心聖俊會不開心，所以一直無法說

出自己的感受。秀知應該會很有共鳴吧?真正非凡的真人書即將誕生了呢!太帥了。」老師心滿意足地說。

第一節下課,我去圖書館時,門前的佈告欄上已經貼出借閱資訊,下面的內容這樣寫著。

非凡的真人書借閱。

這本真正非凡的真人書,將透過抽籤的方式,選出借閱者。抽獎對象為全校學生,被抽中的幸運兒除了可以擁有借閱真人書的資格,同時還可以獲得披薩兌換券,讓你在閱讀完真人書後,可以

一起共享美味的餐點。

「圖書管理老師大概也因為讀了很多書，所以腦子動得好快啊！如果還附贈披薩兌換券的話，同學們肯定都會感興趣的。」正如杜軾所說的，附贈披薩兌換券似乎是個不錯的主意。

一到下課時間，我都會去圖書館，觀察真人書借閱的熱烈程度。同學們站在佈告欄前鬧哄哄地討論著，表現出濃厚的興趣。一、二年級的同學們比起真人書，看來對披薩更感興趣。

講了書鬼魂故事的男孩，還有說男孩傻的女孩，每節下課都會來站在佈告欄前研究。兩個人雖然經常鬥嘴，卻還是時常黏在一起，相

處得很好。

「披薩是大份的還是小份的啊？」講書鬼魂故事的男孩，很好奇披薩的大小。說男孩傻的女孩告訴男孩，老師不是小氣的人，肯定會是超大份的披薩。

三年級以上的同學們雖然也對披薩很感興趣，但他們更好奇非凡的真人書是誰。以前一直覺得不可能有人願意成為真人書，結果某天突然就這樣出現了。而且竟然還需要透過抽籤，要幸運才能夠借的真人書，一夕之間這成為全校所有學生最關心的事。

「如果學生們知道真人書是杜軾和聖俊之後，感到失望的話怎麼辦？」我突然開始擔心了起來。

抽籤

缺席整整三天後，秀知終於來上學了，她那本來就小得拳頭大小的臉，又縮水了一半。聖俊說秀知八成是煩惱要休學還是轉學，煩惱到人都瘦了，他還說在秀知拳頭般小的臉再縮水到和豆子大小前，我們要趕快讓秀知借閱真人書。

「我每天晚上都和聖俊用電話練！練習得越多，就越有自信。」

杜軾有自信能夠做好。

秀知和筱映之間的關係變得更冷淡了，兩人甚至連看都不看對方。光是從兩人之間經過，都會感到一陣冷風吹來。

終於到了真人書借閱抽籤的日子，週三早自習，圖書管理老師決定用廣播的方式進行抽籤。

「大家等這天等很久了吧？今天是大家引頸期盼，抽出真人書借閱幸運兒的日子。多虧大家對於此次的活動的熱情，老師也抱著興奮的心情，期待著今天的到來。為了感謝大家的參加，這次除了披薩兌換券，再追加一張冰淇淋兌換券。」

「哇啊啊啊！」聽到老師的話，教室幾乎要被同學們的歡呼聲給掀開了。

「請老師公正公平地抽籤。」有人大喊著，即使老師根本聽不到。

「真抱歉啊，沒辦法公平公正地抽籤。」杜軾小聲地嘀咕，我聽到嚇得心裡揪了一下。

「現在，我面前有一個箱子，裡面裝著寫有全校學生名字的紙。我會從中抽出一張。」老師話音一落，教室裡頓時鴉雀無聲。

「唉，萬一拿錯張就糟糕囉！」安靜到連呼吸聲都沒有的教室裡，杜軾的聲音再次傳來，我的心簡直皺成一團。杜軾可能也是被自己嚇了一跳，他馬上自己用手摀住了嘴巴。

「黃秀知。」老師喊出了秀知的名字，那一瞬間，全班都一齊看向她。秀知一臉尷尬、慌張，她肯定沒想到在全校數百名學生中，自

己會被叫到。

「恭喜！」

「吃冰淇淋的時候，可以讓我跟著去嗎？」四面八方傳來了同學們羨慕的聲音。

「不過真人書到底是誰啊？」當披薩兌換券和冰淇淋兌換券確定獎落秀知手裡後，同學們開始好奇誰是真人書。

「先安靜一下，老師要宣布了吧？」同學們再次屏住了呼吸。

「抽籤就到此告一段落，至於真人書是誰，將在黃秀知借閱當天公開。藉由這次的廣播，我想再宣導一件事，希望同學們可以珍惜圖書館裡的書籍。最近很多書被撕破，甚至有塗鴉、打翻泡菜湯的痕跡。

披薩
兌換卷
冰淇淋
兌換卷

圖書館的書，是共享閱讀的，請大家要比對待自己的書，還要更加倍的愛護它們喔！」

廣播結束後教室一片喧鬧，同學們都在問到底誰是真人書，竟然保密到這種程度，說簡直比國家機密還誇張，還懷疑該不會是總統要來做真人書吧？既然同學之間都沒人要做真人書，那很有可能是特別邀請總統過來。這樣的話學校就會上新聞。如果真的是那樣，那秀知也會上電視。繼如真之後，我們班又有同學上電視了。但是總統會可能有空嗎？如果不是總統，那麼會是誰呢？教室裡充斥著對真人書的好奇和想像。

「等一下。」秀知站起來說話，原本喧鬧的同學們停止討論。

「看誰要代替我去借閱真人書吧！我不吃披薩，也不怎麼喜歡冰淇淋。」

「喂，妳怎麼這樣！」杜軾慌張地說。

「裝什麼裝！」我清楚聽見了，是筱映的聲音。但其他同學似乎沒有聽到，也有可能是聽到了，但把它當作耳邊風。

「老師抽籤又不是為了選出吃披薩和冰淇淋的同學！那只不過是附贈的東西，真正的重點是真人書好嗎？是真人書！」杜軾在說真人書三個字的時候特別地大聲。

「沒錯，非凡的真人書！」聖俊附和著說。

「我比較喜歡閱讀普通的書籍，所以還是讓別人代替我去借閱真

人書吧！」

「妳真搞笑！不是抽中妳嗎？妳怎麼不要啊？妳這樣老師會多失望啊？當著全校面前廣播抽籤的老師，面子往哪擺啊？」杜軾勃然大怒，秀知睜大眼看著杜軾。

「對啊！杜軾說的沒錯！妳也得考慮老師的面子吧？」某個人開口說完，秀知便安靜地坐下，而筱映仍舊一直噘著嘴。

「杜軾你能管好你的嘴嗎？我被你嚇得都減壽十年了！萬一被發現抽籤是我們預先策劃的，到時候我們完蛋就算了，你有想過會害到老師也跟著遭殃嗎？你這人怎麼這麼魯莽啊？」下課去圖書館的路

上，美芝指責了杜軾一頓。

「我的嘴巴也沒問過我，就自己張嘴說話了。我也搞不懂我的嘴巴為什麼要這樣！」杜軾捏自己的嘴巴。

老師一直等到還書和借書的同學們漸漸減少，才跟我們說：「要不要下週借閱真人書呢？放學後大概進行一個小時左右就能完成。你們再跟我說哪幾天是不用去補習班，或是可以晚點回去的日子。啊對了！還有秀知那邊的行程……」這時筱映突然走進來，老師嚇了一大跳，停下嘴邊正要說出口的話。

「嚇死我了！妳突然冒出來是想怎樣啊？」杜軾朝筱映發了脾氣。

「怎麼那麼驚訝？這是你家嗎？這裡是圖書館，我難道需要經過你的許可才能來嗎？還是我應該先在門外問一下我可以進來嗎？」聽到筱映說的話，美芝咂了咂舌並看向杜軾，他只是搔了搔後腦勺。

筱映大步流星地走了進去，她走向的地方，正是放了那本黑色封面書的書架。美芝、杜軾，還有聖俊三人的眼神不安地晃動著。美芝戳了戳我的側腰，示意要我跟著筱映過去看看。

筱映站在黑色封面書的書架前，她從最上排的書開始，一本一本地把書從書架上拿下來，然後打開來看一看。接著她取出了放在書架最下排的其中一本書。砰砰砰砰！我聽見自己心跳得好大聲，萬一讓筱映看到了秀知的日記本，那事情可就麻煩了。

「這，這個月主題是人，人物傳記。」我對筱映說，她回頭看我一眼，並聳了聳肩，她的意思應該是在說她知道。

「那，那個書架上擺的都是歷史相關書籍，都很難讀。」筱映再次聳了聳肩，接著她就走到放著人物傳記的書架。我這才鬆了一口氣，過了一會兒，筱映拿著一本書走過來。

「你最近常來圖書館呢？」筱映在借書時，斜眼瞥了杜軾一眼。

「怎樣？我不能來嗎？這是妳家嗎？我也想多讀書，變得有學問啊！怎麼了？我不能變得有學問，只能當無知的人嗎？」杜軾脖子上冒著青筋，大聲起來。

我一臉慌張，杜軾那樣的反應，只會讓筱映覺得更奇怪，但他好

像不知道。反正杜軾是攔不住的，他不是大嘴巴，只是他會不知不覺地把祕密說出口。再加上他人又膽小，俗話說做賊心虛就是他這樣。明明沒人懷疑他，但由於他怕被發現，反而更刻意地去假裝。

「你說什麼啊？你有學問還是無知，關我什麼事？」筱映無奈地說完就離開了。

「唉，跟杜軾做這個真人書還什麼的，搞得我都要心臟萎縮了！你為什麼要這樣折磨我的心臟？」美芝哀怨的說。

日記變得不一樣了

當我打開日記本，看到最後一頁的瞬間，我的精神一下子都來了，秀知已經增加了一篇新日記。

為了策劃杜軾的真人書，並在圖書館管理員老師的幫助下讓秀知成為借閱者，可以說是忙得不可開交。還要被杜軾那張微風一吹就隨便打開的嘴，嚇得心驚膽戰。這就是我最近一直沒來看日記的原因，剛剛筱映離開後，我突然很好奇那本日記是否還在，於是就把它拿出

來看了一下。

斑馬線事件發生後，缺課三天。還是一樣，一直以來，只有我把你當作朋友。從今以後，我不想再把你當朋友了。

這次的日記並沒有以問句作為結尾，而是以決心畫下了句點。讀完這僅僅兩行的日記，我內心感覺涼颼颼的——秀知永不回頭的決心，完整地呈現在她簡短的日記中。

「看來秀知下定決心要跟筱映絕交了。」我一說完日記本裡的內容，美芝和聖俊便異口同聲地說：「依照秀知的個性……」

聖俊接著說：「她這麼堅決地寫下決心，看來很難挽回了！再怎樣她也應該把想說的話都告訴筱映再決定嘛！真令人感到沮喪啊！我們現在去跟老師說不要等到下週了，明天就開始吧？不對！我需要心理準備，還是不要明天好了，不然後天吧！我們現在就告訴老師說這週五來進行真人書借閱。」

「喂！」就在我們四個人在角落竊竊私語的時候，筱映的尖叫聲響徹了整間教室。秀知和筱映站在兩個敞開的儲物櫃旁，兩個人都漲紅著臉，氣氛很不尋常。

「這個妳也拿去！為什麼不拿走？」筱映手裡揮舞著破爛的手帕，那條破舊不堪到連要稱它為手帕都有點為難的布。秀知紅著臉接

過來，放進旁邊的儲物櫃，接著筱映又拿出一個沒蓋子的鉛筆盒，然後秀知一語不發地接過它。破爛的手帕和沒有蓋子的鉛筆盒，竟然是秀知的物品！

秀知成績好而且什麼都擅長，那幾樣東西總讓人覺得和她乾淨俐落的性格不太匹配。或許是因為不好意思在全班面前被看到這副模樣，秀知一直低著頭。

我也不自覺地緊咬著下唇，筱映未免也太過分了，她非得把秀知可能會丟臉的部分，全部一一揭露，心裡才痛快嗎？

「妳不是應該要趕快拿走嗎？我都不知道它們一直還在我的櫃子裡，難怪那麼亂！啊，真是忍無可忍了，妳把妳的東西都全部拿走吧！

全部都給我拿走！」筱映大聲吼叫著一邊把儲物櫃裡的東西拿出來。

這時筱映手裡抓住了什麼東西，雖然看得不是很清楚，但是好像是一條繩子，她猶豫了一會兒後，悄悄地把它放進口袋裡。

「她們從五年級開始就共用一個儲物櫃，會互相放東西到彼此的櫃子裡。然而自從兩人吵架後，筱映就把自己的東西全拿走了。看來秀知似乎並沒有那麼做，但筱映有必要鬼吼鬼叫嗎？她根本想讓秀知難堪吧？也太過分了！」美芝說。

我隱約猜得到秀知為什麼沒拿走自己的東西，應該是她還相信也許有一天會和好。然而在斑馬線事件發生後，秀知三天沒來上學，可

能在家冷靜後決定了，就像她在日記寫的——從今以後，我不想再把你當朋友了。

秀知紅著臉把物品收進儲物櫃後，回到座位上。過了一會兒，秀知癱軟趴在桌上。這是我第一次看到秀知臉朝下趴在桌上。很難想像秀知此刻的心情是怎麼樣的，那也許是一種覺得失去了世上最珍貴的東西的心情？我的鼻尖突然感到一陣酸酸的。

「秀知好可憐！怎麼辦？沒想到筱映那麼惡劣，太過分了！」杜軾說。

這時筱映看著秀知說：「少裝可憐了！」才剛說完自己覺得秀知

推薦書籍
手
藝

很可憐的杜軾，嚇得肩膀縮了一下。

「喂，筱映！妳太過分了吧？妳們以前感情這麼好，再怎麼吵，也不至於做到這樣吧？妳那樣大聲吼叫，羞辱秀知的行為真的太過分了。以前只要是妳說的話無論是什麼，秀知不都照單全收嗎？妳要看她的作業，她就給妳；妳忘記室內鞋，她就脫自己的室內鞋給妳。妳做人可不能這樣啊！」杜軾在說話時，我心裡一直很緊張，擔心他又會說出不該說的話。

「做人真的不能這樣！」聖俊對杜軾的話表示同意。

「你們懂什麼？憑什麼說三道四的？」筱映大吼，她吼得脖子上的青筋都冒出來。

「我們知道的夠多了！尤其妳那脾氣！」杜軾又補了一句。

突然筱映癱坐在原地，頭就直接撞到桌角，她頭撞到的瞬間，發出一聲巨響。我被嚇得心臟漏一拍，光聽聲音就知道撞擊的力道有多大。肯定超痛的，但筱映卻不動，甚至連摸頭的動作也沒有。

真人書借閱的日期，已經定好在這週五進行。圖書管理老師請秀知在下課時到圖書館一趟，詢問她這週五借閱真人書的意願。

秀知雙手恭順地握在身前，思考一會兒後點了點頭。雖然她臉上寫滿了不願意，但看得出來她也不知道該怎麼拒絕老師，所以只好無可奈何地答應。

「一直到週五當天，真人書是誰都會保密，可以嗎？不過老師現

在可以先給妳兌換券。妳的手機號碼給我，我用簡訊發送給妳。」老師一邊問，一邊從書桌抽屜裡拿出手機。

「我不吃披薩。」秀知淡淡的說。

「是嗎？那給妳冰淇淋兌換券就好嗎？」

「不用了！我也不太喜歡吃冰淇淋。」秀知回話時她的雙手依然恭順地握在身前。

「喂！披薩和冰淇淋多好吃啊，妳竟然都不吃？」杜軾插了話。

「老師，請您把兌換券給杜軾吧。」秀知一邊用低沉的聲音說，一邊盯著杜軾的肚子看，杜軾發現後很不好意思的用手擋住肚子。

「還是給妳圖書禮券呢？」老師又接著問，秀知依然搖搖頭。

「她盯著我的肚子看什麼意思啊？怎麼了嗎？」秀知回去教室後，杜軾摸了摸肚子問。

「可能你的肚子看起來很喜歡披薩和冰淇淋吧！既然都說到肚子了，那我也補一句吧！看看你那圈肥肉，也該運動了吧？一個十二歲的肚子怎麼會比我七十多歲的爺爺肚子還大啊？你記得上課時老師有教過吧？肥胖是疾病的主因！尤其會提高得糖尿病的機率！為了你的健康，快去運動吧！」美芝也一邊說，一邊盯著杜軾的肚子看。

「妳說誰肥胖啊？我不是胖好嗎？這些都是肌肉！」杜軾挺起胸膛說，美芝哼了一聲回應，朝杜軾吐了吐舌頭。

我今天觀察到秀知的個性很特別啊！第一次見到她這一面，通常幸運中獎就抱著感恩的心接受就好了。如果真的不喜歡那個獎品，至少也先收下，可以之後再轉送給其他的同學。然而秀知卻直接表示這也不要、那也不喜歡，讓精心準備這些獎品的老師多尷尬、多為難啊？

當我到家時，看到奶奶把她所有的衣服都拿出來。一下穿這套衣服照鏡子，一下又換那套衣服再照鏡子。

「如真覺得哪套衣服好看啊？」奶奶一手拿著紅色洋裝，一手拿著藍色雪紡衫問。

「媽，我已經跟您說好幾次了！那套紅色洋裝不適合您。衣服很

搶眼，根本看不到您的臉！」媽媽手上摺著洗好的衣服，眼睛時不時地瞄一眼奶奶，一邊說。

「妳說什麼？我之前穿這套紅洋裝出門時，別人都說我看起來年輕了十歲！穿藍色雪紡衫的時候，又說我看起來年輕了十五歲。」

「哎呀！媽，那都是客套話！您都穿新衣服了，別人總不能都不說些什麼吧？」明明只要說穿那件讓奶奶看起來年輕十五歲的藍色雪紡衫，就可以結束對話了，但是媽媽就是要多講那幾句話。

奶奶的臉色瞬間變得扭曲，於是奶奶把衣服都放回衣櫃裡，用力收衣服的同時發出各種碰撞的聲響。

「我覺得藍色雪紡衫比紅洋裝更好看一點。」媽媽看了奶奶的臉

色，這才察覺不對勁趕緊改口說。

「我也這麼覺得！」我迅速地接了話。

「嘿，如真也這樣覺得啊？那我就穿這件藍色雪紡衫吧！我也是比較喜歡這件，只是我怕穿它會變太年輕，所以才想說問問妳。」奶奶的臉色明亮了起來。

「媽，您這是要去哪裡？怎麼費心思在穿著上啊？」

「我後天要去個地方，至於要去哪裡，目前還是秘密！等我回來再告訴妳吧！不要問啦！」當奶奶叫媽媽不要問的時候，媽媽的眼睛更是閃爍起了好奇的光芒。

「您到底要去哪啊？」媽媽又問。

「真是的！我不是說了是秘密嗎？妳就那麼好奇啊？好啦！那就透露一點點給妳吧！我啊做了個夢，我後天可能會有了不得的事情發生喔！」

「夢？」一聽到這個字，媽媽的表情變得僵硬了起來。

最糟的一天

今天秀知沒來上學。

「我沒收到秀知請假的通知，所以不知道她今天缺席的理由。我打給秀知媽媽，也沒接電話！不知道是發生什麼事？筱映啊，知道秀知怎麼了嗎？」班導一早急忙處理著。

筱映皺著眉頭，滿臉不高興的反問老師說她哪會知道。

為了準備真人書，一分鐘也睡不了，導致臉腫得和豬頭一樣的杜軾，一聽到秀知曠課的消息，露出了無奈的表情。感到無奈的不只杜軾，還有聖俊、美芝和我，我們的心情一樣。那種感覺，就像是全心全意堆疊起來的石牆，瞬間坍塌了。

杜軾去問圖書管理老師，萬一秀知是因為不想借閱真人書才曠課的，那該怎麼辦？昨天還好好的秀知，怎麼會突然生病？雖然老師說秀知不可能會因為那樣就不來上學，但老師的眼神看起來很不安，似乎也在想是否因為這個活動，才會發生這樣的事情。

聽說在第三節課的時候，秀知的媽媽打電話來幫她請假，說是因為家裡突然有事，所以才臨時請假。秀知的媽媽還請班導轉達圖書管

理老師，說秀知下週一再去借閱真人書。

「喂，羅如真！妳忘記今天是要完成讀書心得報告，並張貼到佈告欄上的日子嗎？妳再怎麼每天忙著和杜軾玩在一起，該做的工作還是必須要做好吧？」下課時，筱映對我說。

哎呀！我完全忘了這件事情！而且這還不是我唯一忘的事，我甚至連寫都沒寫！身為讀書委員竟然沒寫讀書心得？我完蛋了！

聽到筱映的話，幾個同學翻了翻書包，拿出完成的讀書心得交給我，然而也有同學只是坐在位子上一動也不動。

「沒人提醒，我就忘了。」未蘿說完，「我也是！」某人附和。

「看來還有很多人沒寫，那就順延到下週一吧？」這時杜軾突然

舉起手建議，說完聖俊也對杜軾的話表示贊成。

「如真有寫嗎？還有美芝呢？我看妳們一天到晚都跟杜軾、聖俊玩在一起，我總覺得你們幾個好像也沒寫讀書心得！」筱映揚起一邊的嘴角說。

我本來打算含糊帶過這件事的，筱映卻緊咬不放。最後我只好在全班面前坦承，其實我也忘記寫了。

今天是我最丟臉的一天，我心裡埋怨著筱映，雖然我做錯事，但有必要在全班面前羞辱我嗎？她這樣做完全沒考慮他人的感受，我現在終於體會秀知被筱映攻擊時的心情了。

筱映像在炫耀似地把她寫好的讀書心得貼到佈告欄上。接著其他也寫好了的同學也跟隨筱映把自己的貼上去。

「以後在選讀書委員的時候，記得不要隨便亂選！你們看她自己都忘記寫，不是太誇張了嗎？」筱映又再補了一刀。

「喂！妳太過份了吧？不用親眼看到，我都可以想像妳是怎麼對待秀知的！」這時美芝挺身而出，我驚訝地看著她。美芝怎麼了？講話不經大腦這毛病該不會是一種傳染病吧？

「妳說妳可以想像？妳要怎麼想像？妳說啊？」筱映突然衝向美芝並猛力推她一把，大家根本來不及阻止或做任何反應。美芝被這麼一推，站不穩就摔倒在地。

面對這突如其來的狀況，美芝瞪大眼一時反應不過來癱坐著。我連忙扶著美芝手臂，把她拉起來。

「明明什麼都不懂，為什麼要裝得一副都知道的樣子？你們到底是懂什麼？」筱映大聲怒吼尖叫，未蘿和韓真趕緊抓住筱映攔著她。

「妳和妳！還有你和你！你們為什麼最近都用異樣的眼光看我？你們以為我都沒有察覺嗎？你們四個為什麼要那樣？」筱映用手指把美芝、我、杜軾、聖俊都指了一輪，氣急敗壞地怒吼著。

瞬間我的憤怒到了極限，再也忍無可忍。看來筱映非常清楚都對秀知做了什麼。因為杜軾不小心說漏嘴，筱映知道我們都在討論她的事，她說她察覺到了，那她竟然還敢那麼理直氣壯？真是厚臉皮！

「妳想知道嗎？」我握緊著拳頭問。

「對，我想知道。」

「秀……」就在我氣到差點說出秀知兩個字的瞬間，杜軾像飛的一樣過來捂住我的嘴。

因為同學的勸阻，我們爭吵才沒繼續擴大。而還沒寫讀書心得的人，必須在下星期一之前完成後貼到佈告欄上。

美芝說她雖然知道筱映的脾氣不是一般的壞，但沒想到會是那種程度。美芝說她也無法理解秀知，她不懂脾氣那麼壞的筱映有什麼好的，竟然還不馬上跟她一刀兩斷，到底還要考慮什麼？

我覺得無法在全班面前抬起頭來。羅如真，活了十二年，今天真

的是最糟的一天，所有的事都讓人心煩，一放學我就打算直接回家了。

「星期一之前要交出讀書心得的話，必須趕快才行，妳要直接回家嗎？」美芝約了我一起去圖書館，但我用頭痛的藉口拒絕了，她似乎能理解我的感受，便沒再繼續追問下去。

我回到家發現奶奶竟然在家，記得奶奶說今天要和朋友們出去玩，所以清晨就出門了。奶奶身穿藍色雪紡衫和黑色褲子，甚至還精心化了妝。

出門前奶奶向我們說她稱之為秘密的夢：「大概啊有十條蛇出現在夢裡，其中一條慢慢變成大蟒蛇，接著又逐漸變大，最後成了一條

龍，身上還掛著名牌寫著李順月。」

「這個夢是要告訴您，會變成一條龍嗎？」我這麼問，是因為李順月是奶奶的名字。

「因為無法成為真正的龍，所以說這個夢是在預告——我有個僅次於龍的職務。」

我記得奶奶說要和一起運動的朋友出遊，吃完午餐後要投票選出會長。奶奶很想成為新開辦的羽球班會長，所以她相信夢在預告會當上會長，這就是為什麼奶奶費心穿著打扮的原因。她還說如果選上會長，就要請朋友們大吃一頓，所以晚上會晚一點回家。

「您怎麼在家？」我訝異的問奶奶。

「如真啊，過來。」媽媽看了看奶奶的臉色，牽我走進廚房。

「聽說落選了！夢怎麼會符合現實嘛？夢終究只是夢！應該說夢的確會顯現內在的真實想法。就是因為奶奶想成為會長，所以才做那樣的夢。」聽說奶奶落選了，媽媽卻一臉興奮的說著。

「以後我再也不會相信夢了。」我聽到奶奶傳來的自言自語。

「媽，內在的真實想法似乎會透過夢顯現。您不是說這很科學嗎？其實我也同意。」媽媽的話就像故意激怒奶奶一樣。

奶奶只是靜靜地不說話，正當我猶豫著該不該去安慰她的時候，美芝傳訊息說：「驚人事件！快來學校圖書館！」

我先打電話給美芝，她的聲音聽起來很焦急：「大事不妙了！有事要商量！妳快點來，越快越好！杜軾和聖俊都在這裡，就只差妳過來了！」

「真是萬萬沒想到榮山家這麼會說話！搬來好幾個月，也沒什麼看她說話，就連笑也手捂著嘴羞澀地笑，我還以為她很害羞。沒想到跌破我的眼鏡啊！哎喲喂，真是的！誰料想得到她竟然會當上會長？所以說人不可貌相啊！」奶奶坐在沙發上自言自語。

附錄

「怎麼可能。」我因為太過驚訝，而說不出話。

他把我儲物櫃裡的東西都拿走了，我氣得把手帕和鉛筆盒也還給他。他甚至還在那裝得一副可憐兮兮。同學說我很壞，我很傷心，於是和同學吵架。我想和他和好，因為我一直把他視為我真正的朋友，而且我相信如果有人看到日記，會察覺到我的煩惱並給予幫助。但是好像沒

人看到，我決定放棄，但是我還想再多等一天，不然這段日子的等待未免太可惜了，就再多等一天吧！明天我就帶走這本日記。

日記本的主人竟然不是秀知，而是筱映？這是我們連做夢也想像不到的事情。

「我們的推理大錯特錯了！」美芝說。

現在重要的是我們一直以為日記本是秀知的，沒想到竟然是筱映的。為什麼我們讀完日記會認為那是秀知的日記呢？明明從沒出現過誰的名字，但是我們都深信日記的主人就是秀知。以眼鏡事件來說，明明筱映也有戴眼鏡，我們怎麼會認定那個人就是秀知呢？

「當初是誰先說那是秀知的日記的啊？」美芝努力地回想著。

「現在最重要的是星期一我和杜軾就要被秀知借閱真人書了。」

聖俊嘆口氣說。

「雖然我現在才說，但老師當時說要發披薩兌換券和冰淇淋兌換券的時候，秀知不是一邊看著我的肚子，一邊跟老師說把兌換券給我，你們知道她當時的眼神是怎樣的嗎？她還揚起一邊的嘴角，一副覺得我沒救的眼神，所以我當下才特別不高興。一直以來我都以為她是善良、溫柔的同學，不僅會讀書還什麼都擅長，果然說人不可貌相啊！」

杜軾接著聖俊說了他的觀察。

「大概是刻板印象吧？因為平時秀知很乖，所以當她們吵架的

話，那麼平時脾氣壞的筱映就會被認為是錯的那方——這就是刻板印象。現在仔細想，筱映性格活潑和誰都處得很好，但是因為我們誤以為日記的主人是秀知，所以才會對筱映產生了偏見。」

「噓！」美芝突然眨了眨眼睛，是筱映來圖書館。她朝我們看了一眼，接著走去日記所在的書架，並拿出那本黑色封面的書，開始假裝在看書，但我們都知道她其實看的是日記。

可能我們在的關係，筱映不方便拿出日記本，過一陣子見她拿著黑色封面的書，朝老師走去並說：「我要借這本。」她就借走裝有小冊子的黑色封面書了。

「真是好險今天秀知缺席！不然她今天借了真人書，事情就更難辦了。慶幸有看到關鍵的新增日記，免得永遠這樣誤會。」杜軾說完拍了拍胸口。

「那現在怎麼辦？該去跟老師說要放棄做真人書嗎？」杜軾問。

「不行！那樣老師的面子往哪擺啊？都對外宣稱非凡的真人書借閱了，甚至連抽籤都抽完了。」我搖頭說。

「如果是這樣做的話呢？」聖俊壓低音量說：「秀知打從一開始就對真人書借閱不感興趣！所以我們告訴她不借閱真人書也沒關係，她知道後應該也會很開心。如果要那麼做，就需要得到老師的幫助，也就是說需要跟老師說秀知不想要借閱真人書，所以我們討論後想再

重新抽籤，然後改成抽出筱映。」

「老師會答應嗎？」對老師來說，這也是一件讓人生氣的事。一開始我們要求抽中秀知，老師只好欺騙全校學生，結果現在我們又要求抽中筱映。我覺得這次拜託老師幫忙，我們得把來龍去脈如實地說出來。

「事到如今，必須跟老師說日記本的事才行了。」美芝的想法也和我一樣。聽美芝這麼說，杜軾和聖俊也都表示贊同，因此我們四人不約而同地望向老師，那瞬間我嚇得停止呼吸，因為老師正看著我們。

「你們有什麼秘密吧?是什麼事?」老師走近我們問。

「哇，老師好厲害!我們也正要去找您說這個秘密，您聽了不要

嚇到喔！」就在杜軾往前靠近老師的那刻，筱映又進來圖書館了，她說要來還書。

「怎麼不讀了呢？」老師關心著。

「借錯了。」她邊說邊把那本黑色封面的書直接塞回架上，就立刻回去了。

筱映一走出圖書館，杜軾便拿出那本黑色封面書，當書一翻開，老師先是大吃一驚，接著立刻露出可怕的表情說：「天啊！竟然把書用成這樣！到底是誰？你們知道是誰做的吧？」老師接著說她看過各種弄破弄髒不愛護書籍的行為，但是像這樣的還是第一次看到。

「老師，您先冷靜聽我說，書變這樣是有原因的。」杜軾向我使

了眼色，要我把這陣子發生的事全說出來。於是我從發現日記那天開始，到今天為止所有發生的事情，全部告訴老師。

「看來筱映和秀知吵架後很苦惱啊！不過還真意外筱映居然會寫這樣的日記，依照她直爽的個性應該會直接告訴秀知才對。」老師感到惋惜的同時也很訝異。

「筱映星期一上學時，可能會正式和秀知絕交！說不定還會在全班的面前宣佈，那麼兩人的友誼就永遠無法挽回了！所以在那之前必須要讓筱映借閱杜軾和聖俊的真人書才行。」我接著補充說明。

「好！」老師表示贊成，接著說：「這本書好可憐啊！怎麼辦？因為它又難又厚所以不受歡迎，就一直被塞在角落裡，結果現在變成

這樣……」老師撫摸著那本黑色封面的書，就好像媽媽在撫摸孩子。

我回到家，看到奶奶頭綁著腰帶躺在地上。

「龍為什麼會掛著媽的名字呢？夢和現實相反這句話看來是對的。」這時候如果要安慰，就給予真心的安慰，如果不想安慰，就靜靜陪伴也可以。但是媽媽偏偏喜歡說些不中聽的話來刺激奶奶。

「媽媽，我覺得不管夢和現實是怎樣的關係，做夢還是有意義！當我們醒來和別人說的時候，有些人會像奶奶解釋夢中可能有的暗示，聽著那些解釋時，會讓我們腦中去想過、去整理生活中所發生的細節。」這是在我發現日記本後，之所以下定決心要幫助日記主人的

原因——我做的夢。我一直記得夢中那隻手傳來的溫暖，所以我雖然沒信心成為真人書，但我自信可以伸出溫暖的手，因此我開始關心秀知，雖然後來發現日記本的主人是筱映。

「媽，您還沒吃午飯呢！多少吃點東西吧！會長選舉都過去了，您一直忿忿不平有什麼用呢？您這樣挨餓才是真吃虧了！」

「那妳就讓我餓死吧！」聽到奶奶的話，媽媽顫抖了一下。

「哎呀，媽，您怎麼說那種話！我的意思是人年紀越大，少吃一餐就會長皺紋，這可是某個皮膚專家說的！您該不會是想多長皺紋吧？」

聽見媽媽這麼說，奶奶猛然坐起來大叫：「妳現在到底是想安慰我？還是想氣死我？」

「當然是想安慰您啊！您只要打好羽毛球就行啦！當會長會讓您分心的，因為您之前不是說過，您在朋友之間是您打得最好嗎？」

「對啊，教練說的。他說在超過七十五歲的人之中，我的動作最敏捷，又有運動細胞！他還說我只要努力，甚至還能參加奧運。」奶奶的語氣開始軟化。

「等一下！您說過夢裡面的龍，

身上掛了媽您的名牌對吧？那應該是在說您羽毛球打得最好的意思吧？我總覺得夢的意思好像是那樣！您的實力是龍，而其他人的實力還沒有從蛇進化。」聽完媽媽說的，奶奶的臉變得紅通通的。

「嗯？這樣聽起來，好像沒錯！哎呀，聽了妳的話，精神都好起來啦！球打得好就很了不起了，當會長是好在哪？戴著一頂烏紗帽累死自己。」奶奶邊說邊解開頭上的腰帶。

「呵呵呵，當然！您要好好吃飯才有力氣，這樣才能好好運動！您現在想吃點什麼？」

「我好像聞到烤地瓜的香味，我們一起吃吧！」

奶奶和媽媽相視而笑，面對面開始吃烤地瓜。奶奶邊吃邊向媽媽

說明要怎麼打羽毛球才能打得好。

「可是，媽這年紀能參加奧運嗎？」

「怎樣不能？那可是我們教練說的！」剛才還互相看著對方有說有笑的，馬上又因為參加奧運的看法產生了分歧。

當我回房間正在寫作業時，杜軾傳訊息過來，他問：「筱映借閱真人書這件事，好令人緊張啊！她那麼會說話，我會不會又像微簫那次吵起來啊？」

「聖俊不是也會一起被借閱嗎？」我快速打字回傳。

「聖俊也說他覺得筱映很可怕！」杜軾繼續問。

「那可能只是刻板印象！」我立刻傳訊息解答。

「妳和美芝也會來做附錄吧？妳們也算是好朋友模範啊！」看出杜軾一直試圖拉我和美芝一起壯膽，我好像能理解他的心情，於是我二話不說就答應了。

「秀知和筱映和好後，我們六個一起參加尋找絕佳拍檔競賽！一起拿下前三名吧！學校就靠我們發光發熱了！哈哈哈」我看著杜軾傳來的文字，好像能聽見他的笑聲。我也傳了訊息和美芝說，我覺得應該和他們一起做真人書的附錄，她也表示贊成。

再當一次真人書

當秀知收到她可以不用借閱真人書的消息，她看起來如我們預期的很開心。老師也再次進行全校抽籤，被抽中的人當然就是筱映。

真人書借閱當天，筱映到現場得知杜軾就是真人書時，她立刻激動地跳起來並喊著她對杜軾沒任何好奇，也沒什麼想向他學習的，更不想和杜軾面對面吃披薩和冰淇淋，所以當場拒絕借閱真人書。

「這次的活動遇到很多困難，好不容易進行到現在。希望筱映能

夠幫老師這個忙。」正當老師努力說服的時候，兩個一年級同學突然出現了。

是之前講書鬼魂的男孩，還有說男孩傻的女孩，兩人異口同聲的問：「姐姐，如果你不想借閱的話，可以讓我們代替姐姐嗎？我們幫忙姐姐吃披薩和冰淇淋！」兩人同時不斷纏著要老師答應，老師當然不可能允許。

「為什麼姐姐說不想借，我們也不能代替她啊？不公平！」結果兩人就默契很好的一起哭了，接下來無論老師如何安慰都沒辦法讓他們接受。

「本來被抽中的就是我！你們等下次的機會好嗎？」筱映這麼一

說，他們才止住哭泣，一臉悲傷地離開了。

終於來到了筱映借閱真人書的那天。杜軾穿了類似燕子尾巴的衣服，聖俊也在頭髮塗上髮膠，讓自己看起來更帥氣。

圖書館的門上貼了一張紙，上面這麼寫著。

本日3:30～4:30為真人書借閱時段。

如要借閱請明天再來，歸還請投還書箱，謝謝配合。

「妳們為什麼要來？不是只有杜軾和聖俊是真人書嗎？」看到我

和美芝一出現，筱映便開口問。

「如真和美芝是附錄。」

「附錄？」聽到杜軾的回答，筱映似乎感到很無奈。

「好！不管怎樣我借閱了你們，所以你們有什麼想說的就說吧！不過別跟我說釣魚的事，我最討厭釣魚之類的活動！真不懂人類為什麼要去破壞那些生活得很好的生物呢？」筱映交叉雙臂說完後翹起腳，擺出一副我就看真人書是多非凡的表情。

「我和聖俊是好朋友。」

「這跟我有什麼關係？」筱映不耐煩的回話。

「今天要跟妳講的是關於我和聖俊的故事。我今天盛裝而來，就

是為了和妳認真聊一聊，我認為這是對借閱者的一種禮貌。所以希望妳也能在借閱真人書的時間裡，仔細聽我們講。妳應該聽說過粉紅色襪子吵架事件吧？」杜軾認真的表情說著。

「因為粉紅色襪子，你們一個多月彼此不說話，還動不動就互相咆哮。你們竟然幼稚到為了襪子吵成那樣，我看全校應該沒人不知道。」

「正如筱映所說的，那次鬧到全校都知道我們吵架了，但是很多人都不清楚我們雖然是因為襪子吵架，但我們其實不是為了襪子吵架。」聽完杜軾的話，筱映皺了皺眉頭。

這時聖俊站出來補充說明，除了襪子之外，還說過老爺爺的褲子、女孩子的衣服之類的話，傷了杜軾的心。他說每次講那些話的時候，

都不知道杜軾在忍耐，但是難過的情緒不斷地累積，到最後才在粉紅色襪子爆發了。

「我做夢也沒想到杜軾會因為我的話而傷心，因為他都沒說。由此可見不論多要好的關係，如果不表達出來的話，對方當然不知道啊！」聖俊接著說他後來只要再想起這件事，還是會覺得很抱歉。

「我當時要和聖俊絕交的！因為每次他說那些，我聽了很有壓力。甚至後來還出現掉髮的狀況。不誇張！我的枕頭上全都是我掉的頭髮，每天持續掉一大堆，我那時想過再這樣下去，我在國小畢業前就禿頭了吧？」杜軾邊摸頭髮邊說著：「可是當我下定決心要和聖俊絕交後，一想到我可能再也遇不到像他這樣的好朋友，就感到非常悲

傷！於是我決定要去找聖俊問清楚，問他為什麼要說那些我不喜歡聽的話！在我很嚴肅地問了聖俊後，他感到很驚訝，因為他做夢也沒想過我會因為那樣的話而感到傷心。」

「可能我比較遲鈍吧？如果當時杜軾沒告訴我，我可能到現在都不知道，還會一直埋怨他而已。」聖俊看著杜軾的臉說著。

他們此刻的樣子真的很帥氣，兩人不但挽救了差點破裂的友誼，還讓友誼變得更加牢固。

「那就是重點！如果不說出來，很多人到最後都不會知道。」我看準時機，站出來說了一句。

「如真附錄說的沒錯！當我們認為對方不懂我的心情，如果先主

動說出來讓對方明白，這樣對雙方更好。」當聖俊說我是如真附錄時，我覺得我好像可以看到自己害羞地躲在一本書後面的樣子。

「而且……」我邊說邊看著杜軾和聖俊，現在好像可以談談日記了。也應該要告訴筱映我們看過日記本，讓她知道我們其實很想寫下回應，但用寫的無法完全地傳達出我們想說的話，所以只好成為真人書。我覺得這些話比起附錄，還是由主書來說會更好。

「而且……」杜軾接續說著：「我們讀了妳的日記。」聽到杜軾這句，筱映驚訝得像彈簧般，整個人從座位上彈起來。

「我們很想寫答覆，但我們想說的內容很難用文字表達。這就是我們成為真人書的原因。」筱映聽完後咬著下唇，但她的表情看來沒

有不高興。

「我們誤以為日記本是秀知的，我們做夢也沒想到妳竟然才是日記本的主人。」

聽見杜軾這樣說，筱映於是開口問：「你們為什麼會那樣以為？」

「就……因為妳的個性比較直爽，想說的話會直接說出口。而我們認識的秀知剛好和妳的個性相反。所以才覺得妳們要是吵架，秀知肯定是那個無法說出內心話，委屈都憋著的人。我們四個原本都這麼想的，就是一種刻板印象吧？誰想得到秀知會是那樣的人啊？」聖俊接著說。

「現在杜軾和聖俊你們的故事說完了，那換我說吧。」筱映再次

咬了咬下唇。

「大家都知道秀知是個什麼都擅長的人，她的個性很嚴謹，所以也不常犯錯。但我卻完全相反，我書讀得不好，做事也很草率。秀知和我因為一年級的時候坐在一起，於是我們就慢慢變成好朋友。但是我總是忘東忘西的，而秀知總是會幫我留意，每到要考試的時候，她也會教我功課教到半夜。因此我覺得自己從秀知那裡得到太多，卻沒有同等的為她付出，所以我在各方面就無條件聽她的話。可是某天，秀知突然開始對我說一些很傷人的話，就像杜軾和聖俊之前那樣。譬如她會說我：妳連這個都不知道、我就知道妳會這樣、妳不犯錯才稀奇吧……每當我聽到這些話，其實我感到非常難過和生氣。尤其想到

不知道她是怎麼看待我，才會說出這些話，就更令我傷心。但我還忍耐著，因為我把她當成真正的好朋友，我不想失去她。」筱映眼裡含著淚水，慢慢說完。

「那次雨天因為颱風的關係，走在前面的秀知雨傘被風掀翻。我怕她淋到雨，衝過去想幫她撐傘，結果一不小心把她推倒了，因為褲子完全濕透讓她很生氣。雖然我誠心誠意地向她道了歉，可是秀知非但不接受我的道歉，還對我說出：『妳連下雨天要小心都不知道嗎？』這樣的話。經過的路人都盯著我看，我覺得又丟臉又傷心。」筱映用手背揉了揉眼睛，她的眼眶滿是淚水。

我可以感受到藏在筱映聲音裡的那份真心，看得出來她這段時間

內心有多麼的難受。

「秀知一定以為我當天晚上會再跟她道歉，因為一直以來我們都是這樣。可是我那天實在是太生氣了，所以不想再次道歉，但我也不想和她絕交。所以我很想問這時該怎麼辦，於是我就開始寫日記，並把它放在圖書館。」

「我可以問妳一個問題嗎？」聖俊問，筱映點了點頭。

「我有看到妳把秀知的背包丟在馬路中間，妳為什麼要那樣做？」

「對啊，我也想知道！」杜軾說。

「那天我要離開教室時，不小心撞到秀知的背包，可是她卻脫下

背包，把我撞到的區塊用手拍一拍，一副背包沾到什麼髒東西的樣子，還冷漠的頭也不回地走了。我當時因為太生氣，覺得忍無可忍了，才衝動那麼做的。」

真人書的借閱時間，大概花了一小時又多一點點。作為真人書的杜軾和聖俊，就這樣與筱映傾心而談了一個小時。讓我今天也重新認識了杜軾，原來他有如此認真的一面，以前一直誤會他是散漫的人，看來這也是我對他的刻板印象。

「看最後一篇日記的內容，妳好像打算要和秀知絕交，妳真的要那樣做嗎？」杜軾一邊問，一邊從位子上站了起來。

筱映沒有回答。

「我們很希望妳和秀知和好，說不定她也有因為妳而感到傷心的事，只是妳不知道而已。所以妳們最好找機會談談。如果有遇到困難，我們都可以幫妳。或許讓秀知也來借閱我們的真人書吧？然後跟她聊一聊，聽看看她的感受，你們覺得怎麼樣？」聽杜軾這麼說，筱映的眼睛瞬間亮了。

「哎唷，哥兒們，這個點子不錯唷！大不了就再當一次真人書啊！」聖俊接著說著：「這確實是好主意！但是有個問題，我們已經告訴秀知不用借閱真人書了。如果現在又叫她借閱，她會怎麼看老師呢？肯定會說老師是反覆無常的人。那樣子也太對不起老師了吧？不

過如果說真要做的話，老師也會幫我們的！而且她一定會說服秀知的，我相信老師！」

筱映思考了一會兒後，點了點頭表示願意，接著從口袋裡拿出了一條深藍色珠子串成的手環之後說：「我雖然嘴上說要和秀知絕交，但內心似乎

還沒做好準備。我把櫃子裡的手帕、鉛筆盒還給秀知那天，剩這個沒還給她！這是去年暑假我們一起親手製作的手環，我們做兩條一模一樣的交換。我覺得如果連這個手環也丟還給秀知的話，我和她好像就真的永遠結束了，所以我當下做不出那個舉動。」

啊！原來那天我看到筱映收進口袋的就是手環啊！好想知道秀知的手環怎麼樣了？不知道為什麼，我總覺得秀知肯定也把手環保存得很好。

「現在最大的問題就是該如何讓秀知借閱真人書。」

「有老師在啊，哪還需要擔心？」杜軾眨了眨一隻眼睛。

「真人書借閱的如何？」老師問完後，接著說她正在忙著準備明天三年級的閱讀課。

杜軾向老師豎起大拇指。

「老師，我等一下傳訊息給您，想拜託您一些事。請您一定要幫幫我們！」聽見我說的話，老師對我點點頭。

我們五個人決定去吃完冰淇淋再回家。

冰淇淋店裡，遇到講了書鬼魂的男孩，還有說男孩傻的女孩，他們面對面坐著，桌上放著一桶冰淇淋和兩支鉛筆。

「我的鉛筆更好！妳看這邊亮晶晶的！」

「才不是哩！傻瓜！你以為閃閃發亮就是好嗎？」

我看他們因為鉛筆而吵個不停，甚至沒發現冰淇淋開始融化，於是對他們說：「快點先吃吧！都融化啦！」

兩人還是不停爭論著，雙方都堅持自己的鉛筆更好，但是他們一邊吵一邊互相餵對方吃冰淇淋。

「傻瓜！這個顏色的冰淇淋比較好吃啦！」

「是嗎？那我吃吃看！」

「妳可以不要一直叫我傻瓜嗎？聽了心情很不好！」他們就像這樣一邊鬥嘴，一邊吃著冰淇淋。

等秀知和筱映和好了，希望我們這三對絕佳拍檔可以一起來冰淇

淋店。然後像那兩個一年級的同學那樣，一邊吵著一邊互相餵對方吃冰淇淋。

今天走回家的路上，我緊緊地握住了美芝的手——我又更加珍惜我得來不易的好朋友。

作者的話

某個下著雨的星期五，我去了一間離家很遠的小學演講。

我在圖書館裡喝著圖書管理老師泡的茶，我看著書架上放著滿滿的書籍。這時我也注意到角落裡放了一本特別厚的書。我一邊心想這既不是字典、也不適合國小學生閱讀的艱深內容，一邊把它拿出來。

我翻開一看驚訝不已，厚厚的書本中間，有個像洞穴一樣被挖了開來的凹洞。雖然不知道究竟是誰，又為什麼要那樣做，但是從那天

之後，我開始有了很多的想法。

圖書館裡的所有書籍都是我們的故事，可能是一個我認識的人曾經歷過的故事；或是可能會經歷的故事；甚至是必須經歷的故事。我也可能會是某個故事裡的主角。

奇怪的圖書館就是這樣誕生的——越是親密、要好的好朋友，當關係變得疏遠時就越難承認。即使你想先伸出手與對方和好，也會因為擔心不被接受而感到害怕。

我也有過那樣的經驗，我和一個非常親密的好朋友吵架，我們甚至不和對方講話，但其他人卻總是喜歡在我面前談論那個朋友。每次

她上學遲到了，就來問我她為什麼遲到；她生病的時候，就來問我為什麼她生病。那個朋友肯定也跟我經歷了相同的事情。但是直到最後我們都沒和好，就這樣畢業了。

雖然現在我連那個朋友住在哪裡都不知道，但我真的很想念她。

如果當時我的學校圖書館裡有一本像黑色封面書那樣厚的書，如果我能像筱映一樣想出寫日記的方法，當時的我說不定也會去尋求某個人的幫助。這麼一來可能就會出現像如真、美芝，還有杜軾、聖俊那樣的好朋友來幫助我了。

走吧，我們去一趟圖書館吧？會不會圖書館的某個角落藏著一個

天大的秘密？說不定某個人正在等待著各位的幫助呢？

當一隻手伸出來尋求幫助時，希望各位都能夠毫不猶豫地握住那隻手，傳遞溫暖對方。

寫於奇怪的圖書館

童話作家　朴賢淑

故事館 035

奇怪的系列 5：奇怪的圖書館

수상한 도서관

作　　者　朴賢淑（박현숙；Hyun Suk Park）
繪　　者　張敍暎（장서영；Seo Yeong Jang）
譯　　者　林盈楹
責任編輯　蔡宜娟
語文審訂　張銀盛（台灣師大國文碩士）
封面設計　張天薪
內頁排版　連紫吟・曹任華

出版發行　采實文化事業股份有限公司
童書行銷　張惠屏・侯宜廷・張怡潔
業務發行　張世明・林踏欣・林坤蓉・王貞玉
國際版權　施維真・劉靜茹
印務採購　曾玉霞
會計行政　許俽瑀・李韶婉・張婕莛
法律顧問　第一國際法律事務所　余淑杏律師
電子信箱　acme@acmebook.com.tw
采實官網　www.acmebook.com.tw
采實臉書　www.facebook.com/acmebook01
采實童書粉絲團　https://www.facebook.com/acmestory/

ISBN　9786263496101
定　　價　320元
初版一刷　2024 年 4 月
劃撥帳號　50148859
劃撥戶名　采實文化事業股份有限公司
104台北市中山區南京東路二段95號9樓
電話：(02)2511-9798　傳真：(02)2571-3298

國家圖書館出版品預行編目資料

奇怪的系列 . 5, 奇怪的圖書館 / 朴賢淑作 ; 張敍暎繪 ; 林盈楹譯 . -- 初版 . -- 臺北市 : 采實文化事業股份有限公司 , 2024.04
256 面 ; 14.8×21 公分 . -- (故事館 ; 35)
譯自 : 수상한 도서관
ISBN 978-626-349-610-1 (平裝)
862.596　113002165

線上讀者回函

立即掃描 QR Code 或輸入下方網址，連結采實文化線上讀者回函，未來會不定期寄送書訊、活動消息，並有機會免費參加抽獎活動。

https://bit.ly/37oKZEa